あたしたちの居場所

高橋桐矢 作　芝生かや 絵

ポプラ社

あたしたちの居場所

もくじ

登場人物紹介

真名子《まなこ》極《きわみ》先生

夏期特別アシストクラスの担任。じゅらによれば、ファッションセンスは0点。

アシストクラスのメンバー

一ノ瀬《いちのせ》じゅら

不登校中の小学6年生。ファッションモデルかデザイナーになるのが夢だが…。

田中《たなか》海斗《かいと》

電車のことにとても詳しい。

小野《おの》晴花《はるか》

おっとりしていてやさしい。絵がうまい。

八塚《やつか》実《みのる》

山村留学がいやでアシストクラスに来た。

福田《ふくだ》のの

松原《まつばら》ゆず

秋山《あきやま》翔太《しょうた》

本を読むのが好きで、話すのが苦手。

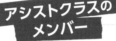

プロローグ　万引き

盗《ぬす》んでまで、ほしいってわけじゃなかった。

だから、おもしろ半分。

市ノ瀬《いちのせ》じゅらは、学校の近くの小さな駄菓子屋《だがしや》、みなと屋にいた。このごろ遊んでいる女子四人といっしょだ。

みなと屋ならかんたんに万引きできるって、六年三組の学年掲示板《けいじばん》に書いてあった。

店番しているのは、よぼよぼのおばあさんひとり。なるほど、これならかんたんそう。

じゅらは、レジの近くで見張る役。

その横で三人が、お菓子やケシゴムを手にとりながら、適当《てきとう》におしゃべりして、おばあさんの目をそらす役だ。

もう一人が、そのすきに、奥《おく》の戸棚《とだな》のかげでシールをカバンに入れるという作戦。

じゅらが作戦を立てて、それぞれの役割《やくわり》を決めた。みんな、じゅらの決定にしたがった。

おばあさんがこっくり、こっくりしはじめた。

じゅらは、店の奥《おく》に向かってそっと合図を送った。

はやくして！　今のうちに。いそいで！

奥にいた子が、うなずいて棚《たな》からシールを手に取り、カバンに入れた。

よし！　成功！

あとは見つからないように、さっさと逃《に》げる。撤退《てったい》の指揮《しき》をとるのもじゅらの役目だ。

と、ふいに、開け放しの入り口からの陽《ひ》がかげった。

「万引きは犯罪《はんざい》だぞ！」

ひびきわたる大きな声に、じゅらは飛びあがった。

入り口に、背《せ》の高い男の人が、仁王立《におうだ》ちになっている。緑色のジャージズボンに白いT《ティー》シャツ、逆光《ぎゃっこう》で顔はよく見えない。

「万引きは窃盗《せっとう》だ。刑法《けいほう》二三五条《じょう》により、十年以下の懲役《ちょうえき》または五十万以下の罰金《ばっきん》。十四歳《さい》未満は、少年法で裁《さば》かれ、鑑別所《かんべつしょ》にはいることもある」

心臓《しんぞう》がはげしく脈打つ。

ヤバイ、サイアク！

入り口をふさがれて、ほかに逃《に》げ道はない。逃げられない。

次の瞬間《しゅんかん》、じゅらは「わっ」と声をあげて手で顔をおおっていた。

「あたしじゃない……ちがうのに……」

みんながやろうって言うから。本当はやりたくなかったのに。怒《いか》りとくやしさでどんどん感情《かんじょう》が高まって涙《なみだ》があふれてきた。涙を手の甲《こう》でぬぐいながら、泣きじゃくる。

……泣けば許《ゆる》してもらえる、っていう計算もあった。

ちらと上目づかいで見上げると、男の人は無表情《むひょうじょう》なまま冷たく、

「泣きまねはやめろ」とだけ言った。

じゅらは、男の人をにらみかえした。

「なんなのよ！　あんただれなの。あんたに関係ないでしょ！」

男の人は、片方《かたほう》のまゆをぴくりと上げると、腕組《うでぐ》みして言った。

「それが大ありなんだな。みなと屋のばあちゃんから相談されてたんだ。万引きされて困《こま》ってるってな」

おばあさんはだまったまま、さっきと同じく半分眠《ねむ》ったような顔で、レジにすわっている。

じゅらは、くやしさのあまり舌打ちした。

「なんで今日《きょう》なの！　ムカツク！　あたしたち、今回はじめてなのに。やめようって言ったのに」

言葉を止めて、ふりむくと、女子四人が、さっと目をそらした。だれも目を合わせようとしない。いきなり、シールをカバンに入れた子が、男の人にかけよった。

「あたし、やらされたんです！」

言うなり、じゅらを指さす。指さされたじゅらは、一瞬《いっしゅん》、なんのことかわからず、ポカンと口をあけた。

四人が、じゅらを攻撃《こうげき》しはじめた。

「市ノ瀬《いちのせ》さんに」

「命令されて無理やり」

すべて自分のせいにされていると気づいたじゅらは、立ちくらみしそうになりながら、必死で否定《ひてい》した。

「ちがう！　ちがうよ！　ねえ、みんな。みんなでやろうって言ってたじゃない」

だれも答えない。みんな目をそらし、知らないふりしている。

じゅらは首をふってさけんだ。

「あたしじゃない！　あたしはみんなのために！」

「またはじまった」

と、小声のつぶやき。

「どういうことよ！」

言い返すと、シールをカバンに入れた子が、横を向いたまま顔をしかめた。

「もううんざり」

「あたしたちに、命令してばっかり」

「えらそうにして、なにさま？」

いつもいっしょに遊んでいた友だちが、唇《くちびる》をゆがめ、軽べつし、さげすんだ目で、見おろしている。

じわっと涙《なみだ》がこみあげてきた。今度はうそ泣きじゃなかった。……さっきだってうそ泣きじゃないけれど。

男の人が、静かに言った。

「万引きは犯罪《はんざい》だ。だれに言われようと、しちゃだめだ」

神妙《しんみょう》な顔で頭を下げた四人は、

「もう絶対《ぜったい》しません。だからごめんなさい！」

と、あやまるなり、男の人のわきを、さっと通りぬけて、店の外へ逃《に》げていった。

じゅらは、ひとり、店のレジの前に立っていた。

取り残された。ひとりだけ、バツを受けるために……。

涙と鼻水をすする。なんてかっこ悪いんだろう。

男の人がじゅらに向き直った。

うめ
日の出
メンコ

「あいつらも、おまえと同じ天空橋《てんくうばし》小学校か？」

「……知らない」

どこの小学校か聞いてない。あの子たちの名前も本当かどうかわからない。ショッピングモールのゲーセンでいつも会うようになって、最近は毎日のようにつるんで遊んでいた、友だち。

「あいつら、おまえの友だちか？」

男の人に心を読まれたみたいで、ドキッとした。答えられなかった。

「いっしょに万引きするときは、おまえの言うことをなんでも聞く子分だったかもしれないがな。ピンチになればこうして手のひら返したように見捨《みす》てられちまう。なあ、それって友だちか？」

「知らない！」

じゅらは、はじめて正面から、男の人の顔を見上げた。

思ったより若《わか》い。言葉はきびしいけれど、顔は怒《おこ》っているようには見えなかった。やさしそうな目だった。なめられたくないって思った。

「そんなことあんたに関係ないじゃん！　それより、これからあたしは、バツを受けるんでしょ！　さっさと警察《けいさつ》につきだせば？」

「ちょっと待て。まずは、おまえのお母さんに」

血の気《け》が引いた。

「やめて！」

じゅらはさけんで男の人にすがりついた。

「お母さんには言わないで！　お願い……お願いだからお母さんにはないしょにして……どんなバツでも受けるから！」

自分でも情《なさ》けないくらい、とりみだしていた。

男の人が、じゅらの肩《かた》に手を置いた。あったかくて大きな手だった。

「なんで万引きなんてしたんだ」

男の人の大きな目に見つめられて、うそはつけなかった。

「おもしろ半分で」

「ちがう」

男の人は自信満々の顔で言った。その目が、ふっと細くなった。

「おれはな、おまえにバツをあたえに来たんじゃない」

売りもののペロペロキャンディーを二本、手に取ると、レジにすわるおばあさんに声をかけた。

「ばあちゃん、これもらうぜ」

一本を、じゅらにさしだし、もう一本を自分の口に入れた。店の入り口に置かれたイスにすわり、グリーンのジャージズボンの足を無造作《むぞうさ》になげだす。

「なあ、おまえ。天空橋《てんくうばし》小学校の六年になってから学校に一度も行ってないだろう。そんで学校行かないで、どこのどいつとも知らないやつらとつるんでたのか？」

レジのおばあさんが男の人に向かって手を出した。

「ペロペロキャンデー二本、二百円だよ」

「ばあちゃん、そのくらいおまけにしとけよ」

「なに言ってんだい。先生がそんなじゃ、しめしがつかないだろ」

「ちぇっ。ケチババア」

ぶつくさ言いながら、ジャージズボンのポケットからサイフを取りだす。

じゅらはペロペロキャンディーを手に持ったまま、男の人を、あらためてながめた。T《ティー》シャツとジャージズボンは、体育の先生のようにも見える。

「先生なの?」

「ああ。でも小学校じゃない。フリースクールで教えてる。おれの名前は真名子極《まなこきわみ》だ。おれはな、おまえみたいに、学校に行けなくなった子やいじめられてる子に、生きてくためのサバイバルを教えてるんだ」

じゅらは、自分がいじめられてるだなんて、思ったことはない。クラス全員にムシされて、学年掲示板《けいじばん》で悪口を言われて、こっちから切ってやる、って思った。「学校に行けない」んじゃない、行きたくないから行かないだけだ。六年三組はみんな藤堂《とうどう》里利《りり》の言うなりだから。

男の人……真名子先生は、じゅらをまっすぐに見つめた。

「おまえには、居場所《いばしょ》があるか?」

「居場所?」

「そう。そんなふうにケンカ腰《ごし》になったり、逆《ぎゃく》にだれかのご機嫌《きげん》とりをしたりせずに、本音で人とつきあえて、自分が自分らしくいられる場所……居場所《いばしょ》を自分で確保《かくほ》する。それもサバイバルだ」

男の人が白い歯を見せて笑った。

「おれは、おまえにバツをあたえるために来たんじゃなくて、居場所をいっしょに見つけようぜ、って言いに来たんだ」

予想もしなかった答えに、うたがいと、とまどいといろんな気持ちがまざりあって、じゅら自身わからないまま、それでも、「居場所」という言葉が、胸《むね》の深いところに、びりびりとひびくのを感じていた。

真名子《まなこ》先生は、ポケットから、折りたたまれた紙を取りだした。

「居場所を見つけたいって、本心から思ったら来てくれ。ちょうど来週から夏休みのアシストクラスがはじまるから」

わたされたチラシには、「夏期アシストクラスのお知らせ」という文字と説明、そして、ヘンなドクロのイラストが描《か》いてあった。

「アシストクラスに来れば、自分がなんで万引きしたのか、それもわかる」

「え？　どういうこと？」

答えずに、真名子《まなこ》先生は、ペロペロキャンディーをくわえたまま立ち上がった。

いつのまにか夕方になっていて、オレンジ色の夕陽《ゆうひ》が、真名子先生の横顔を照らしている。

「じゃな。待ってるからな」

二本指を額《ひたい》に、ちゃっと当てる。じゅらはそっぽを向いた。

「行かないから！」

胸《むね》の中では、暴風雨《ぼうふうう》みたいに、いろんな気持ちがうずまいている。

ショッピングモールのゲーセン友だちとは、もう二度と遊んであげない。ピンチで裏切《うらぎ》るなんてサイテイだ。あやまってきたって、ゆるさない。

また別の友だちを見つければいい。

おしゃべりしたり、ゲームしたり、楽しくすごせる友だち。

どうやって？

そしてまたうらぎられて？
あたしの……居場所《いばしょ》。
もしそんなものがあるなら……。
じゅらは、真名子《まなこ》先生にわたされたチラシを、両手でびりびりとやぶった。

1　糸とボールペン

市ノ瀬《いちのせ》じゅらは、地下鉄の駅の改札を出て、地上への階段《かいだん》を上がった。手に持っているのは、真名子《まなこ》先生にもらった「夏期アシストクラス」のチラシだ。やぶったところは、セロハンテープでとめてある。

セミがうるさいくらいに鳴いている。日ざしがまぶしい。手をかざして、チラシで地図を確認《かくにん》する。顔を上げると、少し離《はな》れたところから、知らない男の人が、じゅらのことを、ちらちらと見ている。

じゅらは、つんと顔をそらして、歩道を歩きだした。

六年生になって急に背《せ》がのびたせいか、街《まち》なかやショッピングモールで、男の人に声をかけられることが多くなった。「高校生？」と聞かれて、「小学生です」と正直に答えると、いちいち相手がおどろくのがおもしろかった。でも、一度めんどうなことになってからはもう、答えないでムシしている。

大人《おとな》っぽい服装《ふくそう》をしてるせいかもしれない。ファッションのセンスには自信がある。お金はないから、服は家の近くの古着屋さんで安く買う。

今日《きょう》は、古着で百円で買ったT《ティー》シャツのそでを切り落としたのを二枚《まい》重ねして着ている。サンダルも中古品で、そのわりにはけっこう高くて八百円。夕食代にもらった千円で買ったので、その日の夕食はおにぎり一個だけでガマンした。

つまり、それなりに気合いを入れた服で来たつもりだ。

並木道《なみきみち》の歩道をしばらく歩くと、体育館の丸い屋根が見えた。信号をわたれば文化センターだ。

夏期アシストクラスは、文化センターの中にあるらしい。

信号待ちしながら、じゅらは、さりげなくあたりを見まわした。

小学校高学年くらいの女子が、文化センターの門の前で立ち止まるのが見えた。ゆるキャラ柄《がら》のTシャツに、もっさりしたはんぱな長さのスカート、髪《かみ》はおばさんみたいなひとつ結び。もじもじしながら、あたりを気にしている。まるで、いじめられて

いる不登校の子が通うフリースクールにいそうな感じの子……。

反射的《はんしゃてき》に、じゅらは、街路樹《がいろじゅ》に体をかくした。

ゆるキャラT《ティー》シャツの女子が、文化センターの中にはいっていくのと同時に、信号が青に変わった。

急にテンションが下がってしまった。

じゅらは、わざと少し時間をあけてから、信号をわたった。

文化センターの玄関《げんかん》をはいって、チラシにあったとおり、二階の教室に向かう。

のろのろと階段《かいだん》をのぼる後ろから、同じ年くらいの男子が二段飛ばしで追《お》い越《こ》していく。つられてじゅらも、小走りになる。

二階の廊下《ろうか》の先のドアに、夏期アシストクラス、と書かれたプレートが張《は》ってあった。

じゅらを追い抜《ぬ》いていった男子は、ドアの前で立ち止まった。

じゅらは、ドアプレートを指さした。

「あんたも、なの？」

男子は、アシストクラスのプレートとじゅらを交互《こうご》に見て、半笑いしながらあとずさりした。

「ちがうなら、どいて」

じゅらが手をのばした瞬間《しゅんかん》、ドアが勢《いきお》いよくひらいた。

目の前に、真名子《まなこ》先生がいた。

「おおー！　よく来たな！」

先生が、手まねきする。

「待ってたぞ」

「ちがう……見に来ただけ」

「いいからいいから」

真名子《まなこ》先生は、じゅらの後ろに目を向けた。

「おまえもほら早くはいれ」

真名子先生は、じゅらの後ろにいた男子の手をひっぱって、教室に引き入れた。

教室には、四つの長テーブルにそれぞれイスがふたつずつ、子どもが五人、席にすわっていた。予想どおり、さっきの、もっさり女子もいた。

じゅらと男子は、入り口に近い長テーブルにすわった。これで、生徒は七人。

教室の前に立った真名子先生が、みんなの顔をぐるりと見まわした。

「よし、全員そろったな！」

真名子先生は、この前、みなと屋で会ったときと同じ、T《ティー》シャツにジャージズボンだ。せめて黒ジャージならよかったのに、今日《きょう》もまるでカエルみたいな緑色のジャージだ。ファッションセンスは0点、と、じゅらは声に出さずにつぶやいた。

勝手に採点《さいてん》されているとも知らずに、真名子先生はニコニコと笑っている。

「みんな、来てくれてうれしいよ！」

じゅらは真名子《まなこ》先生をにらみつけた。

満面の笑みがうさんくさい。

「まずは自己紹介《じこしょうかい》しよう。自己紹介しながら、この教室で教えるサバイバルってなんなのか、説明するからな」

先生は、チョークで、黒板一面に大きく「真名子　極」と書いた。

「おれの名前は、まなこ、きわみ。二十九歳《さい》。この教室の担任《たんにん》だ」

話しながら、ジャージのポケットから取りだしたのは、ミシン糸の糸巻《いとま》きだ。

先生は糸巻きから、すうーっと糸をのばした。その糸の先を、教室の一番前の席の男子に差しだした。

「この糸の先を持っててくれ」

目がかくれるくらい前髪《まえがみ》が長い、その男子は、だまったまま、糸の先をつかんだ。

糸巻《いとま》きはまだ先生が持っている。

「さあ、自分の名前と、小学校、学年を言ってくれ」

糸巻きを持った先生と糸でつながったまま、その男子はうつむいて、小さな声で名乗った。

「……あ、秋山翔太《あきやましょうた》。今川《いまがわ》小学校六年」

「よし。糸はそのまま持っててくれよ」

先生は、さらに長く引き出した糸を、となりのテーブルの男子にも、持たせた。

糸は、秋山くんからとなりの男子、そして糸巻きを持つ先生へとつながっている。

「糸を持って名前と小学校、学年を言うんだ」

先生がくりかえす。

「田中海斗《たなかかいと》。高原《たかはら》小学校六年」

先生はうなずき、また糸をのばして、次の女子に持たせた。さっき、信号待ちのときに見かけた、ゆるキャラT《ティー》シャツの女子だ。

「小野《おの》……晴花《はるか》です……野田《のだ》小学校六年、です」

想像どおりの、内気そうな小さな声。

先生はさらに二列目の、女子ふたりにも糸をのばしてわたしていく。みんな糸でつながっていく。

「松原《まつばら》ゆずです。花岡《はなおか》小学校六年」

「福田《ふくだ》のの。谷山《たにやま》小学校六年」

じゅらの番になった。

「市ノ瀬《いちのせ》じゅら。天空橋《てんくうばし》小学校六年」

じゅらは、手わたされた糸を持って、目いっぱい胸《むね》をそらして、まっすぐに真名子《まなこ》先生をにらみつけながら言った。真名子先生が、ニコっと笑ってうなずく。糸は最後に、いっしょに教室にはいった男子につながった。

「八塚実《やつかみのる》。宮森《みやもり》小学校六年です」

これで全員の自己紹介《じこしょうかい》が終わった。

「みんな、しっかり、糸を持っていてくれよ」

先生は糸巻《いとま》きの糸を長くのばしながら、教室の前にもどった。真名子《まなこ》先生もふくめて、今このクラスにいる八人全員が糸でつながっている。なんのパフォーマンスだろう。みんな、糸を手に持ったまま、あちこち見ながらもぞもぞしている。

真名子先生は、糸巻きを高く上げた。

「みんな、ここにいる全員の名前と顔、わかったよな。この糸は、人と人をつなぐ『絆《きずな》』だ。絆は目には見えない。だから今、わかりやすいように、糸を手に持ってもらった」

じゅらは、顔をしかめた。人の絆が大切だとかいうありがちな話なんて、聞きたくない。

真名子先生は糸をちょいちょい、とひっぱった。

「名前と顔を知ってる。っていう関係が、この糸くらいの太さだ。こうやってひっぱれば」

先生はいきなり手もとで糸を、ぶちっと引きちぎった。「あっ」とだれかが声をあげた。

「人と人の関係もすぐ切れちまう」ぎょろりとした、いどむような目で、みんなを見まわす。

「学校に行ってないおまえらは、学校のクラスメイトとのあいだに、この細い糸ほどのつながりもない。そうだろう?」

教室がしーんと静まりかえっている。

先生の言うとおりだ。

いくらオシャレしてきても、ここは不登校児が集まるフリースクールなんだ。どこにもつながってない、どこにも居場所《いばしょ》のない人たちの集まり。

先生が、糸巻《いとま》きを、ぽーんと上に投げて、キャッチした。

「おれは、おまえらに生きてくためのサバイバルを教える。サバイバルって言ってもいろいろあってな。たとえば、今すぐできる、絶対《ぜったい》にだれにもいじめられない方法もある。教えてやろうか?」

みんな、息をのんだ。

「かんたんだ。だれにも会わなければいい。そうすればいじめられることもない」

真名子《まなこ》先生は、みんながっかりする間《ま》をあたえずに、たたみかけた。

「だれもいないところで、どうする？　生きていけるか？　家に引きこもって？　一生？　ムリだよなあ。生きてくためにはいつかはもどらなきゃいけない。人のいるところに。もちろん学校じゃなくフリースクールだってなんだっていい、だけど、だれにも会わずにずっと生きてくことはできない。だから！　おまえらが知らなきゃならないサバイバルは、学校や社会やいろいろな人の中で生きていく方法だ！　人がいれば必ずつながりができる。つながりってなんだ？」

先生は、糸巻《いとま》きから糸を長く引き出し、二重に、三重に重ねていく。

「つながりを何本も重ねて」

四本、五本と重ねた糸を、ぐっとひっぱる。先生のこめかみに血管が浮《う》きでて、首と肩《かた》がぐぐっともりあがって、五重の糸が、ブチッと引きちぎれた。

「まだまだあ！　もっと！　もっと強い……」

テーブルをドンとたたく。

「命綱《いのちづな》！　おまえらのサバイバルには命綱が必要だ！　すぐ切れちまう糸じゃなく、ぶっといロープみたいな関係をたくさん何本も作るんだ。ロープがたくさん交差すれば、命綱は、網《あみ》になる。おまえらになにがあっても、落っこちないように。社会からこぼれ落ちないように、ささえてくれる網になる」

先生はがばっと大きく手を広げてさけんだ。

「網があれば、冒険《ぼうけん》しても、無茶しても、落ちる心配はない。おまえらは、死なない。死なないための網のことを、セーフティネットっていうんだ。おまえらは、この夏期アシストクラスを卒業する八月末までに、死なないための最低限《さいていげん》のセーフティネットを作る！」

じゅらは、持った糸が、きゅっとひっぱられるのを感じた。いつのまにか、強く糸をにぎりしめていた。横を見ると、八塚《やつか》くんも同じだった。

このクラスの七人の小学生全員が糸でつながっている。今はまだ、細い弱い糸。

先生が三本指を高くかかげた。

真
極

「糸を太くする方法の最初のスリーステップを、さっそく教えちまうぞ。名付けて『絆《きずな》の糸を作ろう作戦！』その一、名前を知る。その二、顔を知る。その三、相手と自分の同じところを見つける。さあ、一と二ができて、じつはもう三もできてるんだ。わかるかな？」

先生は、楽しそうにみんなを見まわした。じゅらは、小さくつぶやいた。

「学校に行ってない、とか？」

先生はニッと笑って、うなずいた。

「正解！　みんな服装《ふくそう》もバラバラだし、趣味《しゅみ》だってちがうかもしれん。住んでるところもちがうだろう。でもな。学校に行ってないってとこは同じだろ？　そこだけは少なくともこのクラスの七人全員が分かち合える、共通点だ。最初で最大の共通点だろう。それだけじゃないぜ。学年もいっしょだ。六年生。そして、もうひとつ、これも忘《わす》れちゃいけない」

真名子《まなこ》先生は、目を大きく見ひらいて、

「ここにいるみんな、おれのだいじなだいじな生徒だ！　愛してるぜ！」

と投げキスした。

じゅらは「キモッ！」と、さけんだ。

真名子《まなこ》先生は、ニヤッと歯を見せて笑った。

「いいツッコミだ！」

ぜんぜんきいてない！　ふりまわしたじゅらの手が前の列の糸にからまった。

ゆるキャラT《ティー》シャツもっさり女子の小野《おの》さんが、「ひゃあ」と小さな声をあげた。

糸が、体に巻《ま》きついている。

「おっと」

真名子先生が、かけよって、小野さんに巻きついた糸をほどいた。

「からまり注意」

その言葉に、小野さんの顔におびえたような表情《ひょうじょう》がよぎった。じゅらは一瞬《いっしゅん》、小野さんの瞳《ひとみ》の中に、見おぼえのあるなにかを見たような気がした。

「ごめんなさい、ごめんなさい」

小野さんがぺこぺこ頭を下げている姿《すがた》はペンギンみたいだ。

じゅらは首をふった。自分は小野《おの》さんとはぜんぜんちがう。見た目も性格《せいかく》も。同じなんかじゃない。

となりの席の八塚《やつか》くんをちらりと見る。八塚くんは、目が合うと、へらへらした笑みを浮《う》かべた。じゅらは、つんと顔をそらした。

真名子《まなこ》先生は、うんうんとうなずきながらみんなから糸をうけとり、くるくると巻《ま》きとって、教室の前にもどった。

「人と人をつなぐ糸がセーフティネットになるってこと、わかったな？　じゃあ、さっそく今日《きょう》、最初の授業《じゅぎょう》をはじめるぞ。これからおまえらに、サバイバルのための武《ぶ》器《き》をあたえる」

その瞬間《しゅんかん》、さっと教室の空気が変わった。

先生は、予想どおりとでも言いたそうな笑顔で、みんなを見わたした。

それからなにやらもったいぶって、教卓《きょうたく》の上のカバンから、黒い小さな棒《ぼう》みたいなものを何本かつかみだした。……ボールペンみたいだけれど、ボールペン型武器とか？

みんなに注目されながら、先生は、その「ボールペンみたいなもの」をひとりひとりにくばっていく。

じゅらも、受け取ったそれを、手のひらの上で裏返《うらがえ》したり、ひっぱったり、のぞきこんだりしてみた。どう見てもただのボールペンにしか見えない。まさかこの中にナイフやピンや小型《こがた》カメラがしこまれていたりするんだろうか。

先生が教室の前にもどった。

「さあ、それがおまえたちの最大にして、最強の武器《ぶき》、ボールペンだ」

みんなきつねにつままれたような顔をしている。意味がわからない。

先生は、ボールペンをにぎり、ぎらりと目を輝《かがや》かせてみんなを見まわした。

「ペンは剣《けん》よりも強し。言葉はどんな剣よりも鋭《するど》い刃《やいば》だ。人を殺すことだってできる」

「できねーし」

八塚《やつか》くんが、がっかりした声でつぶやいたのを、真名子《まなこ》先生は聞きのがさなかった。

「できないと思うか？　でもな」

先生は一瞬《いっしゅん》、口をつぐんだ。その顔に、はじめて迷いの表情《ひょうじょう》が浮《う》かんだ。しばらくして先生は決意したかのような顔で口をひらいた。

「本当に言葉で死んだ人がいるんだよ。六年前、おれが二十三歳《さい》だったときのことだ。おれは小学校の教師《きょうし》になったばかりだった」

じゅらは、真名子《まなこ》先生の顔を見つめた。本当に先生だったとは思わなかった。真名子先生は、苦しそうに顔をゆがめた。

「おれのクラスに、丸顔の男の子がいた。小さな生きものが好きで、クラスで飼《か》ってた金魚の世話をいつもしてくれてた心やさしい子だった。その子は、いじめられてたんだ。口にしたくないようなひどい言葉でな。もちろんおれは、かばったし、いじめっ子にも指導《しどう》した。それに関してはもう言いわけしようがない。おれの力不足だった。最終的にはおれはいじめっ子のことを、ぶんなぐってケガさせて、教師を辞《や》めさせられたんだが……」

教室はしーんとしずまりかえっていた。

「なぐって解決《かいけつ》したつもりでいたんだ。だけど、おれが辞めていなくなったあと、その男の子は、もっとひどい言葉で……見せてもらったノートには……あいつのノートには」

先生の言葉がふるえた。

「死ね、はやく死ね、今すぐ死ね、って言葉が、びっしりと書かれてた……」

先生は強くこぶしをにぎりしめていた。

「その子は、学校から飛《と》び降《お》りて死んだ。死にたかったから死んだんだと思うか？　死にたくなかったんだよ！　その子は、死にたくなかったんだ！　だけど、生きていられなかった。殺されたのと同じだろ？　その子は、悪意の言葉に突《つ》き刺《さ》されて死んだんだ」

だれもなにも言えなかった。先生の言葉が、今、みんなの心に突き刺さっていた。

「言葉で人を殺すこともできる。だけど、言葉は正義《せいぎ》の剣《けん》にもなるし、言葉で人を救うこともできる。みんなにわたしたのは、正義の剣だ。自分を守るために、サバイバルのために、そしていずれは人を助けるために使ってくれ」

じゅらは、手のひらのボールペンを見つめ、それから顔を上げて先生を見た。先生は、おだやかな笑みを浮《う》かべていた。

「ただし正義の剣で、いじめっ子をやっつけたり、説得しようなんて思うな。おまえらにはまだムリだ。まずは、『言葉は剣《けん》』だっていうことを理解《りかい》してくれればいい」

言葉を人を助けるために使う……？　じゅらは少し混乱《こんらん》していた。

「でもそれじゃ、いいことしか、やさしい言葉しかしゃべっちゃいけないってこと？　バカにバカって言っちゃいけないの？」

先生の目がまっすぐにじゅらを見た。

「なあ。そもそも、バカってなんだ？　勉強できないのがバカなのか？　それとも、おまえの言うバカっていうのは、その人の本質《ほんしつ》か？」

「本質……って？」

「見た目や年齢《ねんれい》や環境《かんきょう》や条件《じょうけん》に関係ない、本当のその人のことだよ。だってその人はまだ子どもだからものを知らないのかもしれない。教育の機会がなかっただけかもしれない。それなのにバカって決めつけるのはおかしいだろう」

先生の言葉が、じわじわとじゅらの中にひろがっていった。

「あたしの……本質……」

「ああ、おまえだって、バカじゃない」

先生の言葉が、エコーがかかって聞こえた。

それから、真名子《まなこ》先生は、持ってきたノートを出すようにと言った。

「それは、みんなの日記帳だ。これからクラス全員で交換《こうかん》日記をするぞ」

ええーと声があがった。

「ケータイのグループメールとかでいいじゃん」

八塚《やつか》くんの言葉に、じゅらもうなずいた。写真も送れるし。

先生のまゆがぴくっと動いた。

「あのな。ケータイやネットのコミュニケーションを否定《ひてい》はしない。とても便利だからな。だけどあまりにも便利で速すぎて、おまえらみたいなコミュニケーション初心者には危険《きけん》だ。チャリンコレベルのおまえらが、いきなりレーシングカーに乗れると思うか？　ノートとペンの交換日記からはじめるぞ！」

八塚くんが「ふぁーい」と気の抜《ぬ》けた返事をした。

「心配するな。そんなたくさん書かなくていいから。でもとりあえずなにを書いたらいいかわからないだろうから、それぞれテーマを決めよう。ノートの一ページ目を出して。なんでもいいぞ。自分の書きやすい好きなテーマを選んでくれ。じゃ、秋山翔太《あきやましょうた》、なんにする？」

当てられた秋山くんは、だまって固まってしまった。前髪《まえがみ》にかくれて表情《ひょうじょう》がわからない。にぎったこぶしをひらいたり閉《と》じたりしている。

とうとう先生が助け船を出した。

「秋山の好きなことは？」

もうひと声。

「じゃあ、これから帰ってなにをする？」

「……本を読む」

「よし。秋山の日記のテーマは本だ。本、って書いとけ」

秋山くんはだまったまま、うつむいてノートに書きこんだ。

田中《たなか》くんは、電車好きということでテーマは乗り物になった。そのとなりのもっさり女子、小野《おの》さんは絵を描《か》くのが好きということでイラスト。残りの女子ふたりは食べ物と動物。八塚《やつか》くんはゲーム。それぞれ好きなテーマを決めていく。

じゅらが顔をあげると、先生と目が合った。

「なんでもいいの？」

先生が「もちろん！」と、大きくうなずく。

じゅらは、ノートに、ゆめ、と書いた。

「テーマ決まったな！」

「先生は？」

「おれはトレーニング日記だ！」

見た目そのままだった。

「これから日記が毎日の宿題だ。正義《せいぎ》のペンで書いてくれ！　まずは今日《きょう》、自分のノートの二ページ目に、なにかしら書いてくること。一行でもいい。絵でもなんでもいい。あと、自分の名前と日にちは忘《わす》れずにな。また明日《あした》会おう!」

　こうして、アシストクラス一日目は終わった。

　じゅらは、すぐに教室を出た。ぐずぐずしていて、もっさり女子の小野《おの》さんといっしょになりたくなかったからだ。

　不登校児の集まりのフリースクール、そんなところに自分の居場所《いばしょ》があるとは思えない。でも……。

　帰りの電車の中で、じゅらはボールペンを取りだしてみた。ただのボールペンなのに、なんだか本当の剣《けん》みたいに、心強く感じるのはどうしてだろう。

「そういえば、万引きの理由、来たらわかるって言ってたのに、聞くの忘《わす》れちゃった」

　帰り道、携帯《けいたい》に何度か、メールがはいった。一応ひらいて見たけれど、返信はしなかった。

　じゅらは、いつものとおり、だれもいない家に帰った。マンションの扉《とびら》のカギをあけて暗い部屋《へや》にはいり、電気をつける。散らかった部屋の、小さなテーブルの上に、お菓子《かし》の袋《ふくろ》やコップやお母さんの化粧品《けしょうひん》がバラバラと置いてあるのを、ざっとよけてスペースを作って、宿題の交換《こうかん》日記ノートをひらいた。

じゅらには、前から思い描《えが》いている夢《ゆめ》がある。目に浮《う》かぶそのシーンを、白いページに描《か》きはじめた。

モデルの女の子が舞台《ぶたい》の真ん中でポーズを決めている。最新ファッションをかっこよく着こなして、全身にスポットライトをあびて。ここはファッションショーの舞台。テレビの中でしか見たことがないけれど、キラキラした夢のような世界。

夢の中で、じゅらは人気モデルになる。そうしたらみんなが、ほめてくれる。センスいいね！　カッコイイ！　すてき！　みんながみとめてくれる。さすが市ノ瀬《いちのせ》じゅらだね！　やっぱり市ノ瀬じゅらでなくちゃ！

そうしたら、じゅらは、みんなにステキな服を作ってあげる。おしゃれでカッコイイ服をたくさんデザインする。みんなが、じゅらブランドの服を着たがる。

みんな、じゅらのことが大好きだから！

じゅらは、イラストの下に、書きそえた。

――ファッションモデルか、ファッションデザイナーになって、すてきな服をたくさん作って、ファッションショーに出て、すてきな服を着たいです。

そのとき、玄関《げんかん》でガチャリと音がした。時計を見上げると、いつのまにか夜八時すぎていた。

「お母さん？」

今日《きょう》はいつもより帰りが早い。じゅらは、かけようとして、聞こえた舌打ちに、びくりと身体《からだ》をちぢこめた。

お母さんは部屋《へや》にはいるなりテーブルの上のノートに目をとめた。

「なにくだらないことして遊んでるの」

あわててノートを閉《と》じたけれど間に合わなかった。

「ファッションモデルかデザイナーになりたいですって？　なに、夢《ゆめ》みたいなこと言ってるのよ」

「夢だからいいんだもん」

「そんなことより、あんた、看護師《かんごし》になりなさいよ。今日から塾《じゅく》に行きはじめたんで

しょ。せっかくお金はらってるんだから」

アシストクラスに通うことを、お母さんが反対しなかったのは、塾《じゅく》だと思っているからだ。

「看護師《かんごし》なんてやだよ」

「なに言ってるのよ。あんたのためを思って言ってるんじゃないの。看護師だったら、介護士《かいごし》よりずっとお給料もいいし」

お母さんは介護の仕事をしている。

「あたしは看護師にも介護士にもならない」

お母さんがまゆをつりあげた。

「あんたみたいなバカが、ほかになんに

なれるっていうの」

その瞬間《しゅんかん》、じゅらの中でなにかのスイッチがはいった。じゅらはお母さんの目をまっすぐに見て言い返した。

「あたし、バカじゃないよ。あたしの本質《ほんしつ》も知らないで、バカ呼《よ》ばわりするのって、おかしいよ」

お母さんは、口を半びらきにしたまま、目を丸くしている。

じゅらは、ノートをかかえたまま、お母さんの横を通って、寝室《しんしつ》にはいってドアを閉《し》めた。

胸《むね》がどくんどくんと鳴っていた。お母さんに伝わっただろうか。わからない。でも言ってやった。

三十分後くらいにそっと、ドアをあけて見てみると、お母さんはテレビをつけたまま、居間《いま》のテーブルにつっぷして眠《ねむ》っていた。じゅらは、その横で、カップラーメンにお湯を入れて、夕食を食べた。

2 つながると切る

市ノ瀬《いちのせ》じゅらは、不登校児のためのフリースクールに通うつもりなんてなかった。初日に行ってみたのは、単なる好奇心《こうきしん》。気まぐれ。

だから、次の日もじゅらがアシストクラスに行ったのは、だれかと友だちになれるかも、なんていう脳天気《のうてんき》な理由じゃなかった。

朝、お母さんに「塾代《じゅく》とお昼代」として千円をわたされて、家を追い出された。ショッピングセンターに行こうとして、いっしょに万引きしようとした子たちがいるかもと思って引き返し、駅前でふらふらしていたら、通りすがりの人にじろじろ見られて、どこにも行くところがなくて、気づいたら昨日《きのう》と同じ電車に乗って、アシストクラスに来ていた。

じゅらは、教室のドアをあけるなり、イスにすわっていた真名子《まなこ》先生に向かって悪《あく》態《たい》をついた。

「あー、今日《きょう》もキモい。なにそのハムスターTシャツ。だっさ」

今日の真名子《まなこ》先生は、ハムスター模様《もよう》のT《ティー》シャツを着ている。

「なんだよ。ハムスター模様ってめずらしいんだぞ！」

となりにいた、小野《おの》さんが、うつむきながら答えた。

「かわいいです」

「だろう？」

得意げに胸《むね》をそらす。

「キモいよ。先生ってモテないでしょ」

先生はニカッと笑った。

「それが残念。モテモテだ。アシストクラスでいそがしいっていうのに、あっちこっちからぜひ来てくれって言われて、断《ことわ》るのたいへんだったんだぜ」

なんだかちがう話のような気がする。それに……。

「そっちに行けばよかったじゃん。こんな不登校の子どもの相手なんかつまんないでしょ」

「めちゃめちゃおもしろいぞ！　今日《きょう》だってわくわくして朝四時に起きちまった！」

なんだか、先生と話していると調子がくるう。

「あたしはべつに来たくて来てるわけじゃないし」

「本当に？」

先生のまっすぐな目で見つめられて、むずむずする。

「そうだよ。本当は来たくなかった！」

「いいのかそれで」

先生が急に真顔になった。

「おまえは、学校から逃《に》げて、せっかくつながったアシストクラスからも逃げて、そうやってイヤなことから一生逃げ続けるのか？」

じゅらは、ぐっとくちびるをかんだ。うつむいてぎりぎりと歯をかみしめる。

「逃げる……のはいやだ……」

「逃げていいんだ」

「え？」

顔を上げると、真名子《まなこ》先生は白い歯を見せて笑っていた。

「あのときも、おまえだけ逃《に》げなかったよな。だけど、イヤなことからは逃げていいんだ。だいたい、さっきのオレみたいに『逃げるのか？』なんて、おどすような言い方をするやつは、悪いやつに決まってる」

「へ？」

「だって、楽しくていいことだったら、逃げたくなんてならないだろう。苦しくてイヤなことだから逃げたくなるんだ。そんなとこからは、さっさと逃げるにかぎる。一生逃げ続けろ！」

「だって、勉強とか、修行《しゅぎょう》とか、つらくてもしなくちゃならないことだってあるじゃない」

先生は大きく手をふった。

「ないない！　あのな。この世には『絶対《ぜったい》しなくちゃならない』ことなんて、ひとつもないんだ。なんにもしなくてもいい。ずっとなにもしないでいるとどうなると思う？　なんかをもうれつにしたくなるんだ。勉強だって、わからないことがわかるようになるのは、むちゃくちゃ楽しい。スポーツやなにかのための修行《しゅぎょう》だって、やりたくなければやらなくていいんだ。やってるのは、自分がしたいから。うまくなりたいからだ。だからつらくてもたえられる」

大まじめな顔でそう言われると、そんな気もしてくる。

「それにな。自分が逃《に》げたいのに逃げないでいると、人が逃げるのがゆるせなくなる。人にも自分と同じ苦しみを味わわせたいって思っちまうんだ。そんな大人《おとな》になっちゃダメだ。だから、やりたくないことはやるな！」

じゅらは、思わず、「ハイ」と返事をしていた。

真名子《まなこ》先生がうなずく。

「いい返事だ！」

いつのまにか、クラスのみんなが、真名子先生とじゅらをかこむようにして、やりとりを聞いていた。

先生が、みんなを見まわした。

「よーし！　全員、起立！」

みんな、はじかれたように立ち上がった。

「これから上の階のホールに行くぞ！　究極《きゅうきょく》のサバイバル術《じゅつ》を教える！　みんな！　ついてこい！」

じゅらたちは期待半分、興味《きょうみ》半分でぞろぞろと先生のあとについて、教室を出て階《かい》段《だん》を上がり、上の階へ向かった。

アシストクラスのある文化センターは、三階にホール兼《けん》体育館がある。

ホール入り口でふりむいた真名子《まなこ》先生は、じゅらの足もとに目を向けた。

「それじゃ走れないな」

動きやすいかっこうで来るように、と言われたけれど、今日《きょう》もお気に入りのサンダルで来た。ヒールが五センチくらいある。

「だいじょうぶだもん。これで走れるし」

先生が、ぽんと手をたたいた。

「そうだ。みんなはだしになれ」

えー、と声があがった。先生がその場でまず運動靴《うんどうぐつ》と靴下《くつした》をぬいだ。みんなぬぎはじめたので、じゅらも、しぶしぶサンダルをぬいだ。

その場で足ぶみすると、ペタペタと音がした。

ホールの床《ゆか》が、ひやりと冷たい。

先生が手をあげた。

「注目！　この世は弱肉強食だ。最後まで逃《に》げるやつが生き残る。究極《きゅうきょく》のサバイバル術《じゅつ》、それは鬼《おに》ごっこだ！」

ええ、とか、うへえ、とか微妙《びみょう》な声があがった。

「グーパーじゃんけんで、二組に分かれるぞ」

先生がハチマキを配った。表が赤で、ウラが白。

グーを出したじゅらは、白ハチマキになった。八塚《やつか》くん、秋山《あきやま》くんも白ハチマキだ。

赤ハチマキは、田中《たなか》くん、小野《おの》さん、松原《まつばら》さんと福田《ふくだ》さんの四人。

「赤ハチマキが鬼だ。つかまったやつは、白ハチマキを裏返《うらがえ》して赤ハチマキの赤鬼になれ。全員鬼になったら終わりだ。死ぬ気で逃げろ！　十数えたらはじめるぞ！　さあ、一、二……」

先生が数える声を背中《せなか》に聞きながら、じゅらは、はだしでダッシュした。

「九……十！」

鬼《おに》が追いかけてくる。障害物《しょうがいぶつ》のない体育館はかくれるところがない。もう少しで鬼につかまる……というところで、そばにいた真名子《まなこ》先生が、手をぎゅっとひっぱって方向転換《てんかん》させてくれた。

「ターンだ！」

鬼がよろける。じゅらは、ぎりぎりで逃《に》げた。

「単調になるな！　ジグザグに逃げろ！」

三人の鬼にかこまれて絶体絶命《ぜったいぜつめい》の八塚《やつか》くんに、先生が声をかける。

「鬼に向かっていけ！」

先生の声に背中《せなか》を押《お》されるようにして、八塚くんが真っ正面の鬼に向かってかけだした。鬼が一瞬《いっしゅん》ひるむ。その横をかけぬけて脱出《だっしゅつ》した。

真名子先生は逃げるみんなに絶妙《ぜつみょう》のタイミングでアドバイスしている。それでも、秋山《あきやま》くんがつかまり、八塚《やつか》くんもつかまり、じゅらも体育館の壁《かべ》まで逃《に》げたところで、赤ハチマキの鬼《おに》になった秋山くんに追いつめられてしまった。逃げようとしたけれど、息があがって、もう足が動かない。秋山くんがゆっくり近づいてきて、そっと手を出した。じゅらは、その手をふりはらった。

「ああー、つかまった!」

くやしくて、はずした白ハチマキを床《ゆか》に投《な》げ捨《す》てた。とうとう、全員鬼になってしまった。

真名子《まなこ》先生がみんなを集める。

みんな顔を上気《じょうき》させて、息があらい。しゃがみこんでいる子もいる。全速力で走りまわったのはすごく久《ひさ》しぶりだ。T《ティー》シャツが汗《あせ》でぬれてる。

「汗ですべらなきゃ、もっと逃げられたんだけど」

八塚くんが、聞かれてもいないのに言いわけしている。

「みんながんばって逃げたな。でも」

真名子先生は、片《かた》まゆを上げた。

「鬼《おに》はどうだ？　必死で追いかけたか？」

じゅらは、ちらりと、秋山《あきやま》くんの顔を見た。汗《あせ》をかいて、ぬれた長い前髪《まえがみ》がほおにはりついている。目はかくれているし、あいかわらず無表情《むひょうじょう》で、なにを考えているのかわからない。

「サバイバル術《じゅつ》としての鬼ごっこではな、鬼になるのもだいじなんだ。つかまらないようにするには、つかまえるほうの行動を読まなきゃならないだろう。どっち方向に追いかけてくるか？　動くか、止まるか？　相手の心理のその先を読めば、逃《に》げられる。だから、鬼になったときの体験が役立つ。ただ走ってりゃいいってもんじゃないぞ！　どうすれば相手をつかまえられるか頭を使え！　頭のてっぺんからゆげが出るくらい、考えて考えて全力で追いかけろ！」

秋山《あきやま》くんの顔がまっすぐに真名子《まなこ》先生を向いている。真名子先生の目がふっとやさしくなった。

「ここでの鬼《おに》ごっこは、おまえらの勝ち負けを決めるものじゃない。おまえらは、全員が、いじめからサバイバルしていく仲間だ。逃《に》げるときはおたがい助け合って協力して逃げろ。そして鬼になったら全力で追いかけろ。そうすれば、クラスの仲間が、もっと速く上手《じょうず》に逃げられるようになる。仲間のために、必死で追いかけるんだ！　手抜《てぬ》きするんじゃないぞ！　いいな！」

「はいっ！」

みんなの返事が体育館にひびいた。

真名子先生が、にやりと笑う。

「いい返事だ。今度は全員に逃げてもらおう。鬼は……おれだ」

言うなり、赤ハチマキを巻《ま》く。

「よぉーし、一分でカタつけてやる！」

きゃーとさけんでみんな、逃《に》げだした。

真名子《まなこ》先生がゆっくりと数をかぞえる。

かぞえ終わった瞬間《しゅんかん》「うぉー！」とさけびながら、真名子先生が猛然《もうぜん》と追いかけてきた。

逃げる。必死で逃げる。つかまらないように。全身全霊《ぜんれい》で逃げる！

さすがに一分以上はかかったけれど、それでも、あっという間にみんなつかまってしまった。

真名子先生が秋山《あきやま》くんを手まねきした。

「手のふりが大きすぎる。わきをしめて小さくだ。やってみろ。みんなもいっしょに」

そのあと、フォームを修正《しゅうせい》しながら何回かダッシュした。じゅらもまねして腕《うで》のふりを変えただけで、足が軽く前に進むようになった。

秋山くんが息をはずませながらつぶやいた。

「なんで？　がんばって速く走れって言われてもぜんぜん速くならなかったのに」

「がんばっただけでなんでもできるなら、この世にいじめはないだろう」

前髪《まえがみ》の下に見えかくれする秋山《あきやま》くんの顔に、おどろきが広がった。

真名子《まなこ》先生が、秋山くんの頭をぐしゃぐしゃっとなでた。

「おまえらはもう十分、がんばってるよ」

秋山くんが泣きそうに顔をゆがめた。

ほかの人たちにも真名子先生は、歩幅《ほはば》や目線の向けかたを細かくアドバイスしてくれた。

「もう一回、おれが鬼《おに》で行くぞ！　十五分以上つかまらなかったやつには、アイスをおごってやろう」

みんながざわめいた。八塚《やつか》くんは、腕《うで》をぐるぐるとまわして気合いを入れている。

だけど十五分の壁《かべ》は厚かった。それにだんだんとみんなも速くなって、さっきの先生の話のせいもあって、鬼になった人の迫力《はくりょく》がちがう。手加減《てかげん》がいっさいない。最後にはみんな、息をハアハアさせて床《ゆか》に転がってしまった。

「よーし、じゃあ、休みながらストレッチしよう」

先生の言うとおりに体をゆっくりのばしていくうちに、回復してきた。

それから次は障害物《しょうがいぶつ》として、バレーボールのはいったカートや、マット、用具入れなどを体育館のあちこちに置いた。そして、マットは安全地帯ということにして、マットの上にいるあいだはつかまえられないというルールにした。すると全員マットの上に逃《に》げこんで、動かなくなってしまったので、十秒ルールを作った。マットが安全地帯なのは十秒だけ。

細かくルールを変えながら、いろんな鬼《おに》ごっこをした。それから、みんなで片付《かたづ》けをした。

じゅらは、小野《おの》さんと八塚《やつか》くんといっしょにマットをたたんでいた。八塚くんがじゅらに話しかけてきた。

「なんだか、一日ずっと遊んでたみたいだよね」

「本当だね」

「おれずっとリレーの選手だったからさ。走るのはキライじゃないんだよね」

そんなに速そうには見えなかったけど、小野《おの》さんは、尊敬《そんけい》のまなざしで八塚《やつか》くんを見ている。八塚くんは得意げだ。

「百メートル十一秒くらい軽いし」

「すごい」

感心する小野さんの横で、じゅらは、フンと鼻を鳴らした。オリンピック選手じゃあるまいし、盛《も》りすぎ。

片付《かたづ》けを終えて、みんなで教室にもどる。

真名子《まなこ》先生は黒板の前に立つと、みんなをぐるりと見わたした。真名子先生の表情《ひょうじょう》が、朝よりも、やさしくなっているような気がする。

「みんながんばったな。これからしばらく

は、いろんな逃《に》げる作戦を練習するぞ。いじめられない人と、いじめられる人ってなにがちがうと思う？　だれでもいじめのターゲットになる可能性《かのうせい》がある。だけどな。いじめられない人は、逃げるのがうまいんだよ」

じゅらは、となりの席の八塚《やつか》くんをちらと見た。

「逃げ足は速そうだよね」

「わかる？　母さんにもいつも言われる。おれ、説教から逃げるのうまいんだ」

先生がうなずいた。

「それでいい。イヤだって思うことからは逃げろ。一生逃げ続けてもいい。そうしたら、どうやっても絶対《ぜったい》逃げられないものがあるって気づくはずだ」

じゅらは首をかしげた。なんだろう。

先生の顔がふっとやさしくなった。

「逃げるには、体力だけじゃなく、逃げるんだっていう気持ちが大切だ。とくに悪いさそいから逃げるためにはな。昨日《きのう》最初の授業《じゅぎょう》でセーフティネットをつないでいくことのだいじさを話した。それと同じくらい大切なのが、悪いつながりを切ることだ！」

いきなり先生の言葉が、じゅらの心にぐいっとはいってきた。

「つながりの糸には、セーフティネットになるだいじな糸や、運命の恋人《こいびと》になる赤い糸もある。おれの赤い糸はまだつながってないけどな」

先生とちらと目が合った。つっこんでほしそうだったので、じゅらはわざとムシしてやった。

「うむ。つながりの糸の中には、悪意の黒い糸もある。みんな、学校に、会いたくないやつがいるんじゃないか？　おどしたり、命令したり、暴力《ぼうりょく》で無理やり言うことをきかせようとしてくるやつが。あるいは、いっしょにだれかほかの子をいじめたり、いっしょに万引きする仲間。そんなやつは仲間じゃない。そんなつながりは必要ない！」

先生は、言葉を切って、みんなを見まわした。

「関係を切る、一番いい方法、それはとにかく離《はな》れることだ！　悪いやつらから逃げろ、離れろ！」

じゅらは、今日《きょう》の追いかけっこ中の感覚が、ふっとよみがえってくるのを感じた。

逃《に》げる！　逃げる！　全身全霊《ぜんれい》で！

口をひらきかけたじゅらに、先生が目をとめた。

目をふせて、首をふる。

真名子《まなこ》先生が見つめているのを感じる。

「逃げようとすると、悪いやつらは、引きとめようとしてくるかもしれない。万引きしたことをばらすぞって、おどしたり、急にやさしくなったり、あの手この手でな。そんなときは未来の自分を想像してみるんだ。逃げだして晴れ晴れとした笑顔でいる自分と、泣きながら『あのとき逃げればよかった』って後悔《こうかい》している自分。今はまだがまんできるかもしれない。でも、一か月後、一年後、笑顔でいられる未来のために、逃げろ！」

じゅらは顔をあげた。

先生と目が合う。

「だいじょうぶだ！　ひとりで解決《かいけつ》しようとするな。おれが助けてやる」

思わずうなずいていた。

先生が時計を見上げた。

「じゃあ、帰る前に、宿題で書いてきたノートをとなりの人にわたして。秋山《あきやま》には、おれの超《ちょう》ハードなトレーニング日記をわたすぞ。見ておどろくなよ。そして、最後の八塚《やつか》のノートはおれが受け取る」

じゅらはとなりの席の八塚くんに自分のノートをわたした。

「受け取ったノートのテーマで、日記を書いてくること。この宿題は、つながりを作るための練習だ。なあ、友だちってどうやって作るんだと思う？」

じゅらは顔を上げた。先生が手を広げた。

「昨日《きのう》話したスリーステップのその次だ。名前と顔を知って共通点を確認《かくにん》して、その次はなんだと思う？」

先生が教室を見わたした。八塚くんが首をひねった。

「なんだろうなあ」

「ハイ！　正解《せいかい》！」

先生が白い歯を見せて笑った。

「おれが問いかけて、八塚《やつか》が答えただろう。会話する、これが答えだ。だけどなにを話すかが問題だよな。テーマなしのフリートークが一番難《むずか》しい。だからまずは、自分の好きな話しやすいテーマを決めて、言葉を書くことで、練習していくんだ。自分のことを書くだけじゃなく、前の人が書いた日記へのコメントも入れてくれ。短くてもいい。長く書けるなら長く書いてもいい。相手の言葉を受け取って、言葉を返す、そうすることでつながりの糸が太くなる」

みんなが先生の話にひきこまれていた。

「必要な絆《きずな》の糸をつなぐ。そして不必要な糸を切る。つないで切る。今、おまえらにとって一番だいじなのはこのふたつだ。つなぐためのいろんな方法。切るためのいろんな方法。どっちもすぐにはできない。だけど、今日《きょう》体育館で走ってわかったろう？練習すれば速く走れるようになる。今できないことでも、練習すればできるようになる。その交換《こうかん》日記、八月三十一日まで続けられたら、ちゃんと必要なつながりをつくれるようになってるし、いらないつながりを切れるようになってる。そのときには、おまえらが生きるためのセーフティネットが、できてる」

先生はみんなを見まわしてくりかえした。

「だいじょうぶ、できる」

先生の真剣《しんけん》な顔。その表情《ひょうじょう》と言葉が、じゅらの胸《むね》の奥《おく》に、スタンプでポンッと押《お》されたみたいにくっきりときざまれた。

その日、家に帰ってから、じゅらはひとつ、つながりを切った。

前にショッピングモールで遊んでいたときに、声をかけてきたおじさんがいた。聞かれるままにメールアドレスを教えてしまって、メールが来るようになった。

市ノ瀬《いちのせ》じゅらのことを、かわいくてセンスがよくて、まるでモデルみたいだってほめてくれた。そんなふうに言ってくれる人は、ほかにいなかった。

だから、切れなかった。

親切なやさしいおじさん。

だけど、本当に親切でやさしいおじさんが、「ハダカの写真を送って」なんて言うだろうか。

じゅらは、おじさんのアドレスを着信拒否設定《きょひせってい》にした。

すぐに手のひらの中で携帯《けいたい》のメール着信音が鳴った。

真名子《まなこ》先生からだった。

――明日《あした》はおれみたいに、動きやすい格好《かっこう》で来るんだぞ。

じゅらは携帯に向かって、あかんべーをする。

ひとりきりのアパートの部屋《へや》で、先生からのメールが届《とど》いた携帯は、あたたかく明るく光をはなっているように見えた。

3 自己《じこ》アピールとそれぞれの理由

朝、じゅらのお母さんが夜勤《やきん》明けで帰ってきた。

これからお母さんはカーテンを閉めて真っ暗にして、夕方まで寝《ね》る。

「今日《きょう》の分」

お母さんはじゅらの顔も見ずに、テーブルの上に千円を置いた。

「ねえねえ、お母さん、昨日《きのう》、アシスト……じゃない、塾《じゅく》でね」

お母さんが手でさえぎった。

「あとで聞くから、今は寝かせて」

昨日の夜、じゅらはせんたくものを取りこんでたたんでおいたのに、お母さんは見《み》もしなかった。

じゅらは、千円をサイフに入れて家を出た。

唇《くちびる》をかみしめて、駅までの道を早足で歩く。

電車に乗っているあいだに、すこし気持ちが落ち着いてきた。お母さんにゆっくり休んでもらうために、夕方までどこでどうやってすごそうか、考えなくていいのは、すごく楽だ。

アシストクラスに着くと、真名子《まなこ》先生が、じゅらの足もとに目をとめた。

「お、スニーカーはいてきたな。よーし、今日《きょう》の午前中は、『出張《しゅっちょう》マッスル作戦』にしよう！　外でジョギングするぞ」

そういう先生は、いつもどおりのT《ティー》シャツに緑色のジャージだ。

「行くぞ！　ついてこい！」

文化センターの建物を出て、緑の並木《なみき》が続く歩道を走る。真名子先生が先頭で、そのあとから、アシストクラスの七人の小学生がついていく。

午前中なのに、ガンガンと照りつける太陽に焼けこげそうだ。ゆっくりペースのジョギングなのに、少し走っただけで汗《あせ》をかいてきた。並木の一本一本で、セミが大合唱《だいがっしょう》しているのも暑苦しい。

文化センターのまわりの道をぐるりとまわる。

「さあ、あと百メートルだぞ！　がんばれ！」

みんなだいぶへばってきた。

「おれ、もう足ががくがく、おじいさんみたい」

と、背中《せなか》をまるめていた八塚《やつか》くんが、急にしゃきんとした。その視線《しせん》の先を見ると、
白えりのセーラーの制服《せいふく》を着た女子中学生たちがいる。その中の、ぱっと目を引くか
わいい女子中学生が、こちらに向かって手をふっている。

「真名子《まなこ》先生！」

手をふりながら、かけよってきた。

「おお！　ひさしぶりだな！」

真名子先生がうれしそうに笑う。

「今日《きょう》、部活の大会なんだ」

女子中学生が、じゅらに目を向けた。

「アシストクラスの子？」

じゅらは小さくうなずいた。すると女子中学生は、身体《からだ》をかがめて、声をひそめた。

「ヘンな先生でしょ。でもね」

ニコッと笑う。

「最高の先生だよ！」

じゅらは、ちらりと真名子《まなこ》先生を見上げた。信じられない。

女子中学生が、友だちに呼《よ》ばれてふり向いた。

「未来《みらい》ー！　早く！」

「今行く！」

テニスラケットケースを持った女子中学生たちが、地下鉄の駅の階段《かいだん》を下りていく。じゅらは、真名子《まなこ》先生の横《よこ》っ腹《ばら》をつついた。

「ねえ、今の人だれ？」

真名子先生は、白い歯を見せて笑った。

「去年のアシストクラスの生徒だ」

「え？　ウソ、普通《ふつう》の中学生じゃん」

じゅらは、駅の入り口に目を向けた。もう行ってしまった。学校の制服《せいふく》を着てた。

友だちと仲良さそうだった。不登校だったなんて、ぜんぜん見えない。

「さあ、ラストスパート」

先生の言葉に、八塚《やつか》くんがかけだした。そのあとを秋山《あきやま》くんが追う。じゅらも、ダッシュして追いかけた。

教室にもどった先生は、みんなが席についたのを確認《かくにん》すると、引き出しの中から、黄色いゴムボールを取りだした。

「今日《きょう》はこれで、『会話のキャッチボール作戦』をするぞ」

みんなよくわからないまま、先生に言われたとおりテーブルを教室のはじにどかして、イスだけを丸くならべた。

「さあ、すわって」

丸くならべたイスに、先生と七人の生徒がすわる。

先生は手に、黄色いゴムボールを持っている。

「スピーチはひとりでもできる。だけど、会話っていうのはふたり以上いないとできない。ドリブルじゃなくて、パスだ。このボールを持って話して、次にだれか他の人にボールを投げる。ボールを受け取った人が話して、また次に投げる。とにかくとぎれないようにテンポよくボールと言葉を次につなげていく練習だ」

先生が投げたボールは、じゅらの目の前に飛んできた。ボールをつかんだまま、じゅらは腰《こし》を浮《う》かせた。

「なに話せばいいの？」

「そうだな。このあいだの日曜になにしてたか」

先生の言葉に、じゅらは、記憶《きおく》をたどった。

「ええと……ショッピングモールのゲーセンに行って遊んで」

そこにいっしょに万引きした仲間がいたので、見つからないようにかくれたことは言わなかった。

「つまんないから帰ろうって思ったときに、知らない男の人に声かけられて。なんかのスカウトだったらしいけど、写真撮《と》らせてってしつこいから、なんかヤバイかもと思ってムシした」

じゅらは口をつぐみ、ボールを手に、あたりを見まわした。

「だれにわたせばいいの」

「だれでもいいさ。パスしてほしそうな人に投げてやれ」

みんな目をそらす中、八塚《やつか》くんと目が合った。じゅらは八塚くんにボールを投げた。

「え、おれ？」八塚くんは、こまったなという顔で、ボールを受け取ったけれど、けっこうなめらかな口調で話しはじめた。

「じつはおれも、スカウトされたことあるんだよね。親といっしょに服買いに行ったときに、なんかスーツ着た大人《おとな》の人に話しかけられて。おれは興味《きょうみ》なかったんだけど、親が、やってみろっていうからさ、一応、モデル？　みたいな？　テレビとかにも、出てほしいって言われてて」

八塚《やつか》くんは話しながら、ちらちらとみんなの反応をたしかめている。

うつむいていた人も顔を上げ、全員の注目が集まったところで、八塚くんは、ニコッと笑うと、小野《おの》さんにボールを投げた。落とすかと思ったけれど、小野さんは両手でボールを受け取った。

「あたし、あたし……あの……」

小野さんは、うつむいてボールを持ったまま、「あの」とくりかえしている。

真名子《まなこ》先生が小野さんに話しかけた。

「これはキャッチボールだからな。人の話に相づち打ったり、だれかに質問《しつもん》したり話しかけていいんだ」

小野さんが顔を上げた。

「あの、あの、今聞いて、市ノ瀬《いちのせ》さんはかわいいし、八塚くんもオシャレだし、ふたりともすごいなって思いました」

真名子先生がうなずく。

「小野《おの》は、ほめ上手《じょうず》だな。うん。いいぞ」みんなを見まわす。

「待ってるだけじゃなくて、パスをくれ！　って言ってもいいんだ。話したいときは」

すると、田中《たなか》くんが、さっと手をあげた。

「ボールくれる？」

小野さんが、ほっとした顔で立ち上がり、田中くんにボールをわたした。

「ぼくは日曜日に電車を見に行きました。ぼくが見に行ったのは、西武新宿線《せいぶしんじゅくせん》で、西武新宿線は、黄色い電車なのですが、今、特別に赤い電車が走っています。その電車が通る時間をネットで調べて、カメラを持って見に行きました。ぼくのカメラには望遠レンズがあるので……」

田中くんはえんえんと話し続けている。途中《とちゅう》で先生が立ち上がった。

「さあ、田中、ボールをパスしないと！」

「あ、はい」

田中くんは、となりにいた秋山《あきやま》くんに無造作《むぞうさ》にボールを投げた。

秋山くんはボールを取り落としてしまった。すぐにひろってイスにすわったけれど、

口をつぐんだままで言葉が出てこない。長い前髪《まえがみ》の下で、どんな顔でいるのか見えない。ボールをぎゅっとにぎりしめ、怒《いか》りをこらえているようにも見える。

先生が助け船を出した。

「あせらなくてもだいじょうぶだ。相づちだけでもいい。そしたら次はまただれかにパス！」

秋山《あきやま》くんはうなずいて「あの、ぼくも西武新宿線《せいぶしんじゅく》に乗ったことあります」と答えた。ほっとしたような小さな声だった。するとと田中《たなか》くんがすわったまま話しはじめた。

「西武新宿線の駅は二階がホームで

……」

先生が手でさえぎった。

「ちょい待ち、まだボール受け取ってないからな」

そんなふうに、会話のキャッチボールは、よたよたと、ボールがこぼれたり、だれかのところで止まってしまったり、ボールのないところから割《わ》りこみがはいったり、最初はちっとも続かなかった。

それでもいつのまにか、少しずつ続くようになってきたのは、交換《こうかん》日記の力が大きかった。一週間がすぎて、日記帳は七人のクラスメイトと真名子《まなこ》先生、合計八人のもとを一回りして、二周目にはいっていた。

九日目にもどってきたじゅらの、夢《ゆめ》がテーマの交換日記には、それぞれみんなのいろんな夢と、他の人の日記へのコメントが書かれていた。

八塚《やつか》くんの夢は、お笑い芸人か、映画監督《えいがかんとく》か、サッカー選手か、俳優《はいゆう》。そしてテレビ司会者になったら、ファッションモデルのじゅらを番組に呼《よ》んでくれるらしい。

その次の真名子先生のページを見たじゅらは、思わず「なんでよ」とつぶやいてしまった。「おれの子どものころからの夢《ゆめ》は、今はナイショだ。最後の日に教えてやる」と書いてあったからだ。筋肉《きんにく》モリモリマンとか、どうせそんなのだ。

気を取り直してめくった次の秋山《あきやま》くんのページは、思った以上に細かく長く書いてあった。じゅらの夢と八塚《やつか》くんの夢、そして真名子《まなこ》先生の夢についてもそれぞれ長いコメントを書いてくれている。そして本が好きといった秋山くんらしく、ていねいなきれいな字で、自分は本を書く作家になりたいと書いてあった。

田中《たなか》くんのページには、昨日《きのう》見た夢がこわかったと書いてあった。それからなぜか、電車の絵。

小野《おの》さんは、自分にはとくに夢はないので、とことわって、みんなの将来《しょうらい》の絵を描《か》いてくれていた。本とペンを持った秋山くん、電車の運転手さんの田中くん、八塚くんはマイクとメガホンとサッカーボールを持っている。そしてじゅらのことは、初日に着ていった二枚《まい》重ねT《ティー》シャツとサンダルでモデルっぽいポーズで描いてくれている。すごくうまい絵だ。

同じテーマでも、人によって内容も見た目もぜんぜんちがう。同じようなノートに、同じ正義《せいぎ》のボールペンで書いているのに。日記を読むと、その人が表《おもて》に出さない顔が見えてくる。

真名子《まなこ》先生は、日記は「自己《じこ》アピール」の練習だと言った。

「人はどういうときに人を好きになる？」

先生の質問《しつもん》に、八塚《やつか》くんが「好みのタイプだったら」と答えた。

「そうだな。じゃあ、見た目はともかく、中身が自分の好みのタイプかどうかは、どうすればわかる？」

「相手を知る？」

「会話する」

「どんな人か調べる」

みんな口々に答えた。先生がうなずく。

「そう。だから逆《ぎゃく》に相手に、自分を好きになってもらうためには、自分を知ってもらわなくちゃならない。自分がどういう人間なのか、なにが好きで、なにして遊んでいて、どんなことを考えていて、どういう性格《せいかく》なのかってことを、知ってもらう……つまり自己《じこ》アピールだ！　みんなが今書いてる日記は自己アピールの練習なんだよ」

八塚《やつか》くんが手をたたいた。

「そっか！　じゃあ、タレントのブログとか日記も、自己アピールなんだ」

「そう！　自己アピールのうまい人は人に好かれるし、モテるし、ファンがいっぱいできる。だけどだれだって練習すればうまくなるんだよ」

小野《おの》さんが小さな声でたずねた。

「交換《こうかん》日記は会話の練習とも言ってたのは？」

「すばらしい！　よく覚えてたな」先生が拍手《はくしゅ》する。「自分勝手に自己アピールするだけじゃ、たとえ好きになってもらえても、友だちになることはできない。友だちになるには、会話が必要だ。だから、自分はこうだ、っていう自己アピールに、いいねーって賛成《さんせい》したり、そりゃないよってツッコミ入れたり、じゃあこれはどう？　って別な提案《ていあん》したり、日記で会話できるようになるのが、最終目標なんだ」

それはすごく納得《なっとく》できる。日記でうれしかったのは、みんなからのコメントだ。だから、二周目からは、じゅらも、みんなの日記へのコメントを多く書くようにした。

会話のキャッチボール作戦でも、だんだんと、少しずつ、内気な小野《おの》さんが自分のことを話すようになり、あのゆるキャラT《ティー》シャツがおばあちゃんに買ってもらったただいじな服だったということを知り、口べたな秋山《あきやま》くんは、無表情《むひょうじょう》のように見えて怒《おこ》っているのではなく、一生懸命《いっしょうけんめい》考えているのだということがわかるようになり、空気が読めなかった田中《たなか》くんが話す順番を待てるようになってきた。

先生は、究極《きゅうきょく》の会話術《じゅつ》、「おばちゃんたちの井戸端会議《いどばたかいぎ》」の秘密《ひみつ》も教えてくれた。

「お天気の話とか、スーパーでトマトを安く買った話とか、おばちゃんたちが中身のない話をするのはなぜだと思う?」

先生の問いに、じゅらは顔をしかめた。中身のないくだらない話が大嫌《だいきら》いだからだ。

「好きだからじゃないの? お天気とか、トマトとかが」

先生はあごに手を当ててニヤリと笑った。

「それがちがうんだな。じつは」

キリッと真剣《しんけん》な顔になった。

「あれは高度に洗練《せんれん》されたおばちゃんたちの情報収集法《じょうほうしゅうしゅうほう》なんだ。たとえばチョウやガは触覚《しょっかく》を使って相手との距離《きょり》や性別《せいべつ》を知る。コウモリは超音波《ちょうおんぱ》を使う。犬はにおいで、何時間前にどこのだれがどんな気持ちで歩いてたのかもわかる。人間はどうする？　会話するんだ。おばちゃんたちは昔から人が集まる井戸《いど》のまわりで、おしゃべりしながら情報収集《じょうほうしゅうしゅう》してきたんだ。今は井戸はないから、ショッピングセンターとか、病院の待合室とか、あと銭湯《せんとう》とかかな。うん。銭湯はいいよな。銭湯行ったことあるか？」

何人かがスーパー銭湯の名前をあげた。先生がうなずく。

「よし。アシストクラス卒業前に、みんなで行こう。実習だ」

じゅらは顔をしかめた。

「銭湯は楽しいかもしれないけど。でも。あたしは天気の話なんてしたくない」

「だから、お天気やトマトに意味があるんじゃないんだ。お天気の話をする口調や顔つきや雰囲気《ふんいき》で、健康状態《けんこうじょうたい》やそのときの気持ち、自分と相手の関係性《かんけいせい》、そういった重要な情報を、読み取っているんだ」

「そんなめんどくさいことしないで直接《ちょくせつ》聞けばいいじゃん。人間は会話できるんだから」

真名子《まなこ》先生が、片《かた》まゆを上げた。

「なぜそうしないと思う？」

ふと、じゅらは視線《しせん》を感じてとなりの八塚《やつか》くんに目を向けた。八塚くんはすっと目をそらした。じゅらは真名子先生に向き直った。

「ウソをつくから？」

「そうだ」

先生は八塚くんを見ていた。

「言葉はウソをつく。けれど口調や顔つきや雰囲気《ふんいき》はウソをつかない。見ればわかる。わかるようになる。会話の練習をしてるのは、ウソを見抜《みぬ》く力をつけるためでもあるんだ。会話力を高めれば、本当の会話ができるようになる」

先生の話を聞きながら、となりの席で八塚くんがもぞもぞと居心地《いごこち》悪そうにしているのが、目にはいった。

「あの」と口を開いたのは、秋山《あきやま》くんだった。

「……ムリです。うまく、話せないんです」

「おまえ、話すときに相手のどこを見てる?」

先生に聞かれて、秋山《あきやま》くんは、え? と口ごもった。

先生が秋山くんをまっすぐに見つめた。

「話すとき、相手の目を見て話そうって思ってないか? あのな。相手の目を見つめるのって、じつは攻撃《こうげき》行動なんだ。野生のサルなんて、目をじっと見たりしたら、怒《おこ》って歯をむいて飛びかかってくるぞ」

ええーと声があがった。

「ペットのサルはそこまでじゃないがな。人間だってもとはサルだ。とにかく、目を見て話そうとするな。そのかわり相手の」

先生は自分の鼻の頭を指さした。

「鼻のあたりを見とけ。鼻毛がちょろりんと出てたりするのを見つけると、すっごくリラックスできるぞ」

みんなが笑い、真名子《まなこ》先生の表情《ひょうじょう》もやわらかくなった。

「秋山だけじゃない。おまえらみんな、これからいろんな力がのびていくんだから、あせるな。秋山《あきやま》は、話を聞くのはうまい。相手の心によりそって聞く力を持ってる。小野《おの》もそういうタイプだ。逆《ぎゃく》に八塚《やつか》は、しゃべるのはうまいが、聞くのはへたくそだ。しゃべる力も聞く力もまだまだのびる。八塚も、せっかく相手を楽しませたいなら、どうせなら相手があっとおどろくようなすごいウソをついたらどうだ。なあ?」

さくっとウソを指摘《してき》された八塚くんは、力なく笑っている。

「それにな。自分をかっこよく見せるため、自分のためにウソつくより、人のためにウソつくほうがずっとかっこいいぞ」

先生が、長テーブルのあいだを通って歩いてきた。

「八塚は逃《に》げるのは得意だ。だけどな、前に絶対《ぜったい》に逃げられないものがあるって、言ったろう」

先生が八塚くんの顔をのぞきこむ。

「それは『自分』だよ。どんなに逃げ足が速くても、自分からは逃げられない。だいじょうぶだ。ここではおまえがウソつきだからって、だれも無視《むし》したり、攻撃《こうげき》したりしないだろう?」

八塚《やつか》くんが、唇《くちびる》をぎゅっとかみしめている。気のせいか、目がうるんでいるように見える。八塚くんのそんな顔をはじめて見た。

じゅらは思わず口にしていた。

「でも、自分を変えることはできるよね？」

先生と八塚くんがじゅらを見つめた。

「たとえば。さっき、先生が、おばちゃんたちは顔つきや雰囲気《ふんいき》で読み取ってるって言ったのを聞いて思ったんだけど」

じゅらは前の席に向かって呼《よ》びかけた。

「秋山《あきやま》くん」

秋山くんがふりむく。いつもどおり長い前髪《まえがみ》で表情《ひょうじょう》が見えない。

「その前髪あげたほうがいいんじゃない？　だって顔がぜんぜん見えないじゃん」

秋山くんが、うつむいた。

「責《せ》めてるんじゃなくて。髪あげたら、もっとうまく会話できるんじゃないかって思ったんだ。秋山くん、日記に、目立ちたくないって書いてたよね。その前髪、顔をか

くすためにのばしてるんでしょ。かくれて、秋山《あきやま》くんは安心かもしれないけどさ。秋山くんがなに考えてるのか、笑ってるのかムカついているのかわかんないから、こっちはどうしたらいいか、こまっちゃうんだよ」

思っていることがうまく秋山くんに伝わったかわからない。真名子《まなこ》先生をちらと見上げる。先生がうなずいた。

「市ノ瀬《いちのせ》の指摘《してき》はすごくするどいぞ。秋山の目をかくす前髪《まえがみ》は、こわい人のサングラスといっしょってことだ」

「それそれ!」

じゅらはうなずいた。先生の投げるボ

ール＝言葉はいつも直球ど真ん中だ。

「よく気づいたな、市ノ瀬《いちのせ》。会話をするとき、言葉で伝わる情報《じょうほう》は全体の二割《わり》、あとの八割は、見た目や雰囲気《ふんいき》やジェスチャーや、におい、声の調子、そういう、言葉以外のものなんだ」

みんな、おどろいて顔を見合わせている。じゅらもおどろいた。八割？

「だから、会話力を上げるには、会話の中身だけじゃなく、声の出し方、身体《からだ》の動かし方、髪形《かみがた》、ファッション、ぜんぶ上げていかなきゃならない」

先生の言葉でハッとした。アシストクラスに最初に来た日。信号のところにいた小《お》野《の》さんを見て、「いかにも不登校児のフリースクールにいそうな、もっさりした子」って思った。まだひと言も話していないのに、着ている服や見た目だけでそう思ってしまった。

「見た目ってやっぱりだいじなんだ！」

うなずくじゅらに、先生が、口をはさんだ。

「顔かたちやファッションだけじゃないぞ。目をよっく見ひらいて見れば、その人の本質《ほんしつ》も見えるはずだ」

八塚《やつか》くんが先生を指さした。

「見えた！　緑ジャージの先生の前世は、カエル！」

八塚くんは立ち直りが早いのも特技《とくぎ》みたいだ。

「マジか！　つーか、本質じゃないだろ。前世かよ」

みんなの笑いがはじける。

口に手をあてて笑ってる小野《おの》さん。今日《きょう》の服は、ベージュのＴ《ティー》シャツにダボッとしたジーンズ。やっぱりどうしても、もっさり見える。もっと明るい色の、すっきりしたシルエットの服にしたら、イメージもぜんぜんちがうのに。

そう思ったら、もういてもたってもいられなくなった。

その日の帰りに、じゅらは小野さんといっしょに教室を出た。

「駅までいっしょに行こう」

じゅらの言葉に、小野さんの顔に、おどろきと喜びが広がった。わたしでいいの？と言いたそうな顔だ。会話の練習しているうちに、言葉に出さない声……テレパシーが聞こえるようになったみたい、とちょっとわくわくした。

「小野《おの》さんちって、どこだっけ？」

教えてくれた小野さんの家は、じゅらの自宅《じたく》のとなりの駅だった。

「なんだ、じゃあ、今までも会ってたかもしれないね！」

小野さんははずかしそうに笑った。

ふたりならんで駅までの道を歩く。

「市ノ瀬《いちのせ》さんはいつもオシャレでかわいくて、うらやましい」

先生が言ったとおり、小野さんはほんとうにほめ上手《じょうず》だ。いつも気分良くさせてくれる。

「小野さんだって、かわいいよ」

「うそ」

「ううん。うそじゃない。でも、服の着こなしを変えたら、もっとかわいくなれると思う」

「本当に？」

「うん。だから、あたしが、コーディネートしてあげる」

小野《おの》さんの顔に、信じられないというおどろきが浮《う》かんだ。

じゅらは、気持ちがふわりとはずむのを感じた。

「すっごくかわいくしてあげるね！」

その週末、アシストクラスが休みの日に、じゅらは小野さんの家に遊びに行った。

小野さんの家は住宅地《じゅうたくち》の一軒家《いっけんや》だ。小野さんは慣《な》れた手つきでカバンからカギを取り出し玄関《げんかん》をあけて、廊下《ろうか》の電気をつけてから、ふりむいた。

「どうぞ」

じゅらは靴《くつ》をぬぎながら聞いた。

「いつもだれもいないの？」

「うん。だいたいはひとり。弟がいるんだけど、身体《からだ》が弱くてしょっちゅう入院しているの。今もね、お母さんは弟の病院に行ってるんだ」

「そうだったんだ」

「お父さんが帰るのは夜遅《おそ》いから。前はよくおばあちゃんが来てくれてたの」

「あのＴ《ティー》シャツを買ってくれたおばあちゃん？」

「そう、でも今はもうあたしひとりでなんでもできるから」

小野《おの》さんの部屋《へや》は二階の一室で、となりが弟の部屋ということだった。小野さんのあとから、階段《かいだん》を上がる。住宅地《じゅうたくち》にある広い一軒家《いっけんや》の中はとても静かだ。階段を上がる自分の足音が、みし、みしってひびく。

小野さんがつきあたりの部屋のドアをあけた。

「わあ、いいなあベッド！」

カーテンとベッドカバーがおそろいのチェックで、女の子っぽいかわいい部屋だった。

「市ノ瀬《いちのせ》さんはベッドじゃないの」

「うちは、お母さんといっしょの部屋でふとんで寝《ね》てるから」

「そっか」

小野さんの瞳《ひとみ》が、一瞬《いっしゅん》かげった。

「だけど、夜勤《やきん》の仕事だから、夜いないことが多いんだ。あたしもだいたいひとりだよ」

じゅらの言葉に、小野《おの》さんが、目を大きく見ひらいた。瞳《ひとみ》にじゅらの顔がうつっている。今、気づいた。見た目はぜんぜんちがうかもしれないけれど、同じ気持ちを知ってる。ひとりですごす夜が、どんなに長いか。あたしたちは、似《に》たもの同士なんだ。

ふたりは顔を見合わせて、笑った。

そして、小野さんの服をクローゼットから、ベッドや床《ゆか》にいっぱいにひろげて、コーディネイトごっこをした。小野さんの服は黒や茶の地味な色合いが多かった。その中でも柄《がら》やデザインがかわいい服を選んで、コーディネートした。

「このパンツには絶対《ぜったい》、このチュニックが合うよ！」

じゅらが組み合わせた服を、鏡の前で小野さんが身体《からだ》に当ててみる。

「本当に？」

「絶対いい！　あとね、パンツのすそはロールアップして」

小野さんは、スケッチブックに、服の組み合わせを描《か》きはじめた。小野さんの日記のテーマもイラストだし、やっぱり絵はうまい。

「デザイナーになれるんじゃない？」

「服のセンスがないからムリだよ。市ノ《いちの》瀬《せ》さんこそ、ファッションデザイナーになれると思う。すごいよ」

小野《おの》さんの言葉は、じゅらを心地よくさせてくれる。じゅらははりきって、小野さんに似合《にあ》う服をコーディネートした。

夕方まで服をとっかえひっかえ着てみたり、携帯《けいたい》で写真を撮《と》ったりしてすごした。

「小野さんのこの写真、めっちゃカワイイ！　みんなに見せよう！」

「ダメ！　はずかしいから！」

「そう？　わかった。じゃだれにも見せ

ない。ふたりだけのヒ・ミ・ツ」
ふたりで顔を見合わせて笑った。
携帯《けいたい》アドレスも交換《こうかん》した。
「また遊びに来てね」
小野《おの》さんが心底からそう言っているのがわかった。
「うん。また来る」
小野さんの家からの帰り道、ひとりでに、足がスキップしそうになる。
だれかの家に遊びに行ったのなんて、何年ぶりだろう？　小学校五年生の途中《とちゅう》から
いやがらせされるようになって、六年生になってからは一度も学校に行っていない。
それから、ショッピングモールのゲームセンターで他校の女の子たちと遊ぶようにな
った。
じゅらはあらためて思った。ショッピングモールで遊んでいた子たちは、友だちじ
ゃなかった。だけど、小野さんとは本当の友だちになれる。
だって、いつもあたしを気持ちよくさせてくれるから！

4
居《い》場《ば》所《しょ》

週があけて月曜日の朝、じゅらがアシストクラスに行くと、みんなが秋山《あきやま》くんの席をかこんでいた。真ん中にすわっているのは……髪《かみ》が短いだれか？

「おはよ」

髪の短い男子がふりむいた。秋山くんだった。前髪も後ろ髪も、長かったのが、サッパリと短髪《たんぱつ》になっている。じゅらは、かけよって秋山くんの背中《せなか》を思いっきりたたいた。

「いいじゃん！　すごくいい！」

秋山くんが、なにか言いかけて、ゴホゴホとせきこんだ。

「ゴメン。ゴメン、だいじょうぶ？」

秋山くんの言葉を、せかさずに待つ。秋山くんが意を決した顔で口をひらいた。

「市ノ瀬《いちのせ》さんに言われたとおりだったから。ぼくは人の目がこわくて、逆《ぎゃく》に自分が人をこわがらせてるなんて、思ったこともなかったから。でも……まだなれなくて、なんか、すごく見られてる気がする」

じゅらはうなずいた。

「見られてるんだよ。かっこいいから」

秋山《あきやま》くんの顔がかあっと赤くなった。

八塚《やつか》くんが自分の髪《かみ》をいじりながら

「おれも切ろうかな」とつぶやく。

「あんたには似合《にあ》わない」

じゅらの断言《だんげん》に、小野《おの》さんが笑いながら、なだめる。

「市ノ瀬さんがそう言うんだから。八塚くんは髪長めのほうが似合うんだよ」

　そういう小野《おの》さんは、週末にじゅらがコーディネイトしたとおり、チュニックに細身のパンツがよく似合《にあ》ってる。

「いいじゃん！　思ったとおり！」

　じゅらの言葉に、松原《まつばら》さんと福田《ふくだ》さんの女子ふたりが反応した。

「え、もしかして、小野さんの今日《きょう》の服、市ノ瀬《いちのせ》さんが選んだの？　なんかいい感じって思った！」

「でしょ！」とじゅら。

「市ノ瀬さんが選んでくれたから」

　小野さんはちょっとはずかしそうで、女子ふたりはうらやましそうだ。

「いいなー」

　じゅらは、小野さんにちらと目を向けた。

「スケッチブック持ってる？」

小野《おの》さんがうなずく。じゅらは松原《まつばら》さんに向き直った。

「松原さんに似合《にあ》うコーディネート考えてあげる。小野さんがデザイン画描《か》いてくれるから」

松原さんたちが歓声《かんせい》をあげた。

その横で、小野さんが、とまどい顔をしている。じゅらは、小野さんの肩《かた》に手を置いた。

「だいじょうぶ！　小野さんは本当に絵がうまいから！」

ドアがひらいて、真名子《まなこ》先生がはいってきた。先生もすぐに秋山《あきやま》くんの髪形《かみがた》に気づいた。

「おお!?　男前になったじゃないか！」

秋山くんは顔を赤らめて、目をふせた。はずかしいけれど、ちょっとうれしい、そんな顔だ。前髪でかくれていないから、表情《ひょうじょう》の変化がよく見える。

先生が、教壇《きょうだん》に立った。

「よし！　今日《きょう》は男前になった秋山のために、『ほめる作戦』の授業《じゅぎょう》にするぞ！　人はだれだってほめられたらうれしい。本心からほめられたら、すごく気持ちいい！

いっしょにいて気持ちいい、って思える関係をつくっていけるように練習しよう」

じゅらは、大きくうなずいた。

「ねえ、先生。友だちって、いっしょにいて気持ちいい関係のことだよね」

先生はすぐにうなずかずに、一瞬《いっしゅん》、真顔になった。

「そうだな。今はそれでいい。さあ、授業《じゅぎょう》をはじめるぞ。ひとりずつ、前に出て。みんなでその子のいいところをたくさん見つけてほめていくぞ！」

手まねきされて、秋山《あきやま》くんが教壇《きょうだん》に立った。照れくさいのか、横を向いている。

「さあ、みんなどんどんほめてやれ。秋山は髪《かみ》を切ってこんなにかっこよくなったんだからな。なるべく具体的にな」

みんなそれぞれに秋山くんをほめた。

「いつもちゃんとノートをとってる。字がていねい」

「ケシゴムをかしてくれた」

「体育館で走るとき、準備体操《じゅんびたいそう》を手抜《てぬ》きしない」

「カバンの中がきれい。ペンケースの中も」

意外とみんな、細かいところまで見ているのがわかる。秋山《あきやま》くんの顔がだんだん赤くなってきたところで、先生は、次の田中《たなか》くんと交代させた。

田中くんは、教壇《きょうだん》の真ん中で、なんだか、たよりなげな顔をして立っている。

「電車博士《はかせ》！」

八塚《やつか》くんの声に、田中くんの顔が、ぱあっと輝《かがや》いた。

「計算が得意」

「怒《おこ》らない」

「分別ゴミの種類を全部知ってる」

みんな、本当によく見てる。こうして人の意見を聞くと、気づかなかったその人の良いところがどんどん見えてくる。

次は小野《おの》さんだ。

小野さんは、うつむいたまま、もじもじしながら立っている。

じゅらは一番に声をかけた。

「小野さんは絵が上手《じょうず》！」

小野《おの》さんがはずかしそうに笑った。ほかのみんなからもすぐに声があがった。

「髪《かみ》がつやつやしてきれい」

「日記帳に、いいことをたくさん書いてくれた」

「ころんだとき、バンソウコウをくれた。やさしいお姉さんみたい」

「そう、セキしたらだいじょうぶ？　って心配してくれた。お姉さんみたいにすごくやさしい」

最初はずかしそうにうれしそうにしていた小野さんの顔がだんだんとしおれていく。

はっとして見守るみんなの前で、小野さんは、立ったまま、手で顔をおおってしまった。

「あたし、やさしくない。やさしいお姉さんなんかじゃない」

真名子《まなこ》先生が、そっと小野さんの背中《せなか》をなでた。

小野さんが「ちがう」と首をふる。

「いつも、弟に、やさしくできなくて、お姉さんなのに、病気の弟ばっかりかわいがられてって思っちゃって、やさしくしなくちゃいけないのに……あたし、あたし、き

のう、お母さんに」

小野《おの》さんの肩《かた》がふるえている。

「弟なんていなければよかったって言っちゃった」

言うなり小野さんは、泣きじゃくった。

じゅらは、小野さんの家の、ドアがあけっぱなしだった弟の部屋《へや》を思い出した。しょっちゅう入院しているという弟の部屋は、机《つくえ》の上になにもなく、本棚《ほんだな》もすきまが多く、がらんとしていた。家でひとりでいるときも、そして、お母さんといっしょに弟が帰ってきているときも、だれも小野さんのことなんて心配してなかったのかもしれない。あんなにきれいな広い家にいて、小野さんも居場所《いばしょ》のない子だった。

真名子《まなこ》先生は、小野さんの背中《せなか》をなでながら、やさしく言った。

「だいじょうぶだ。小野はやさしいよ。おれにはわかる。このほめる作戦は、ほめる練習と同時に、自分自身を好きになる練習でもあるんだ。なあみんな」

先生がみんなに向き直った。

「自分を嫌《きら》いな人が、人を好きになれると思うか？　自分をかわいがれない人が、人をかわいがれると思うか？　自分を好きになれば、人にも好きになってもらえる。自分をかわいがることができれば、人にもかわいがってもらえる。病気の弟ばっかりずるいって思うのは当然だ。だけどそれを弟に悪いことをしちゃったって心を痛《いた》めてるいい子だよ。だから、な。自分自身にもやさしくしてあげような」

小野《おの》は、やっぱり本当にやさしい子だよ。だから、な。自分自身にもやさしくしてあげような」

小野さんは、しゃくりあげながら、うなずいて、小さくほほえんだ。

じゅらは、小野さんのほほえみをうれしく思いながらも、胸《むね》の奥《おく》が、ちくりと痛むのを感じていた。うらやましかった。もっさり女子の小野さんのことをはじめて、ねたましいと思った。せっかく仲良くなれた小野さんと、気持ちよいだけじゃない、本当の友だちに、どうやったらなれるのだろうと、かすかな不安を感じていた。

その夜、家に帰ったじゅらは、糸と針《はり》と、古着のあまり布《ぬの》で、シュシュを作った。もう着られなくなったブラウスのレースのところを長方形に切り取って、半分に折って糸でぬう。それをひっくり返して、ゴムを通す。これだけだとただのシュシュだから、そこにビーズをつけるのが、じゅらオリジナルだ。

じゅらには将来《しょうらい》の夢《ゆめ》がある。自分の得意なことだってわかってる。みんなも、じゅらのセンスとファッションをほめてくれた。小野《おの》さんだって、ファッションをコーディネートしてあげたら、喜んでくれた！

ちょうどひとつ目のシュシュができあがったところで、お母さんが帰ってきた。じゅらはシュシュを手に立ち上がった。

「ねえ、見てこれ！」

両手に買い物袋《ぶくろ》をさげたお母さんは、部屋《へや》にはいるなり「あー！」と声をあげて、ベランダにかけよった。

「せんたくもの出しっぱなしじゃないの！　雨が降《ふ》ったら入れてっていつも言ってるのに！　もう、やだ！」

「雨降ってたの気づかなかった」というじゅらの小さな声はお母さんに届《とど》かなかった。

ベランダで服を取りこんで、部屋にはいってきたお母さんは両手にせんたくものをかかえたまま、じゅらの手もとに目を向けた。まゆを寄《よ》せる。

「なにそのピンク。あんたにぜんぜん似合《にあ》わないじゃない」

「ちがうよ。友だちのだよ」

お母さんは、答えずに、大きなためいきをついた。お母さんの心の声が聞こえたような気がした。

「どうせ、あたしは役立たずだよ!」

じゅらはテーブルの上に出しっぱなしだった布《ぬの》の残りを、ぐしゃっとカバンにつっこんだ。お母さんのために作ろうと思っていたふたつ目のシュシュの布だ。

「今すぐご飯にするから」

「いらない!」

じゅらは部屋《へや》にかけこんだ。カバンから交換《こうかん》日記ノートを取り出す。今日《きょう》じゅらの手もとにまわってきたのは、小野《おの》さんの、イラストがテーマのノートだ。小野さんのページに描《か》かれた、森と、森の奥《おく》の小さな家。その家の窓《まど》には、お父さんとお母さんと女の子と男の子が笑ってる。夢《ゆめ》がないという小野さん。でもこれが小野さんの夢の家なのかもしれないって気がした。そうだ、きっと。

その瞬間《しゅんかん》、小野さんと心が重なった気がした。

小野《おの》さんのさみしさと心の痛みがわかる。

友だちだから！

次の日、じゅらは、作ったシュシュを持ってアシストクラスに行った。

「おはよう小野さん」

先に席についていた小野さんが顔を上げた。まぶしそうに目を細める。じゅらは、カバンから、シュシュを取り出した。

「これ！」

小野さんはシュシュとじゅらを交互《こうご》に見ながら、ぽかんと口をあけている。

「あげる！　あのね、髪《かみ》をしばってもいいし、手首につけてもいいんだよ」

じゅらの言葉に、小野さんの顔に喜《よろこ》びが広がった。その瞬間《しゅんかん》、じゅらも温かいうれしい気持ちでいっぱいになった。

「これ、小野さんに似合《にあ》うように、ピンクのビーズつけたんだ」

「ありがとう！」

じゅらは小野さんの言葉をかみしめた。もっと喜んでほしい、って思った。小野さんはシュシュを手首にはめて、うれしそうにながめている。

「ねえ、小野《おの》さん、今度の日曜に、近くの駅ビルに服を見に行こうよ。いっしょに買い物行きたいって言ってたよね」

「うん！　行きたい！」

小野さんが目を輝《かがや》かせる。じゅらの胸《むね》もはずむ。

「おはよう」

松原《まつばら》さんと、福田《ふくだ》さんの女子ふたりがかけよってきた。

「かわいいね、それ」

「市ノ瀬《いちのせ》さんが作ってくれたの」

小野さんの言葉がくすぐったい。松原さんたちもほめてくれた。

「ぬいものできるなんてすごーい」

じゅらは自分の髪《かみ》をしばったゴムをほどいた。ビーズを通した髪ゴムだ。

「ビーズの髪ゴムならぬわなくても結ぶだけで作れるよ」

八塚《やつか》くんがめざとく見つけて話に加わった。

「あー、それ知ってる。そのビーズの髪《かみ》ゴムってさ、セレブのあいだではやってるんだよね。赤いビーズが恋愛運《れんあいうん》で、青いビーズが金運で」

「あれ、恋愛運はピンクで、金運は黄色じゃなかったけ？」

「そうだっけ、それじゃ、赤は？」

じゅらたち女子と八塚《やつか》くんが髪ゴムの話をしているあいだ、前の席で田中《たなか》くんは、ノートにひたすら鉛筆《えんぴつ》を走らせている。田中くんは休み時間もずっと電車の時刻表《じこくひょう》を書いているのだ。髪を短くした秋山《あきやま》くんは、会話にはまざらないけれど、ときどきうなずきながら話を聞いている。

じゅらと八塚くんが中心にいて、とりかこむ人、自分の好きなことをしている人、なんとなくクラス内のそれぞれのポジションが決まってきたような気がする。

そしてまさにその日のアシストクラスの授業《じゅぎょう》は、ポジションの話だった。

真名子《まなこ》先生は、黒板に白いチョークで「野球」と書いた。

「野球のポジションをあげてみてくれ」

つぎつぎに声があがった。

「ピッチャー！」「キャッチャー」「ファースト」「セカンド」「サード」「ショート」「センター」「ライト」「レフト」

真名子《まなこ》先生がひとつひとつ黒板に書いていく。全部出たところで、みんなを見まわした。

「このポジションのどれひとつ欠けても、試合はできないよな。もっと考えてみようか。海賊船《かいぞくせん》の乗組員だとしたらどんなポジションがある？」

さっきまでだまっていた田中《たなか》くんが立ち上がって、

「船長！」

大きな声で答えた。笑い声があがる。

女の子たちからも「料理長」「お医者さん」「音楽家」と声があがった。

それも真名子先生が黒板に書いていく。

「うん、いいな。これだけそろえば完璧《かんぺき》だな。それじゃ、次は本番だ」

先生が、チョークをくるりとまわして、にやりと笑った。

「このクラスに、どんなポジションがあるといい？」

じゅらは思わず、となりの八塚《やつか》くんと顔を見合わせた。

八塚くんは、先生に向き直って口をひらいた。

「リーダー」

先生が、目を大きく見ひらいた。

「うん、いいぞ！　それから？」

それに続く答えがなかなか出ない。八塚くんも首をひねって考えている。先生が助け船を出した。

「会話のキャッチボールをしていて、いろんな役割《やくわり》があるってことに気づいたんじゃないか？」

秋山《あきやま》くんが「相づち役」と、小さな声で答えた。

「そう！　それも重要だな！」

ひとつ出ると次々に出てきた。

「盛《も》り上《あ》げ役」「面倒《めんどう》見る人」「気配りする人」「元気づける人」「戦う人」「注意する人」「リーダーのサポート」

先生が黒板に書いていく。

ひととおりポジションが出そろったところで、先生は、白いチョークを、赤いチョークに持ちかえた。

黒板に赤いチョークで書き足したのは、「いじめられ役」という言葉。

教室が、しんと静まりかえった。先生が顔を上げる。

「人間は社会を作る生きものだ。そして、家族、友だち、学校……どんな社会にも、いろんなポジションがある。動物だって同じだ。オオカミもサルも、群《む》れにはポジションがあって、ポジション争いがある。ボスの座《ざ》を争って戦って死ぬものもいる。だけどな」

先生はみんなを見まわした。

「全員がボスになる必要はないんだ。ナンバー2《ツー》なんて意外においしいし、争《あらそ》いから離《はな》れた長老ポジションもある。とにかく自分の居場所《いばしょ》を作るには、集団の中で自分のポジションを確保《かくほ》することがだいじなんだ。人気の役割《やくわり》も、不人気の役割もあるが、白で書いたポジションには上下はない。リーダーがみんなよりえらいなんてことはないんだ。どれでもいい。いじめられ役じゃなきゃな。もちろん、だれだっていじめられ役になんてなりたくない！」

先生は、いじめられ役という言葉を、赤いチョークでがしがしとぬりつぶしていく。

「動物の場合、群《む》れをせまいところに閉《と》じこめたり、エサを減《へ》らしたり、ストレスをあたえると、いじめが発生することがわかっている。人間も同じだ」

ぬりつぶされて真っ赤になった部分を、先生は黒板消しでささっと、消してしまった。

「本当は、いじめを生みだしているのは、いじめっ子じゃない。集団《しゅうだん》そのものだ。だけど、人間は、集団でしか生きられない。じゃあどうすればいいか？　まず集団の中で自分のポジションを確保《かくほ》する。でももし、いじめられ役にしかなれないような集団なら、そこから逃《に》げる。逃げて力をたくわえて、そして別な集団にはいればいい」

先生の表情《ひょうじょう》がやわらいだ。

「このクラスには、絶対《ぜったい》にいじめはない。だから安心して、ここで、自分のポジション確保の練習をしてくれ」

みんなが同時にきょろきょろしはじめた。自分のポジションについてちゃんと考えてみたことなんてなかった。

「だいじょうぶ！　だれがどんなポジションになってもいいし、なってみてちがうって思ったら、変えればいいんだ。何度でもやり直せる。おれがいるから心配するな！」

先生は白い歯を見せて笑った。

「だいじなのは、自分がどういうふうになりたいかってことだ」

じゅらもつられて笑顔になっていた。

「さて、まだ昼まで時間があるな。なにしようか」

先生の言葉に、じゅらはぱっと手をあげた。

「鬼《おに》ごっこ作戦したい！」

みんなが、わっと立ち上がった。

アシストクラスに来るようになってから毎日が楽しい。友だちがいて、自分を認《みと》めてくれる人がいて、自分らしくいられることが、こんなにうれしいなんて知らなかった。

日曜には、小野《おの》さんと、オシャレな小学生の服がいっぱい売ってるファッションビルに買い物に行くことになった。

駅で待ち合わせして、ふたりで電車で出かけた。

小野《おの》さんは、じゅらがコーディネートしてあげたチュニックとストレッチパンツ。足もとはバレエシューズに合わせて、女の子っぽいセレクトだ。手首にピンクのシュシュをつけているのを見て、じゅらは思わず顔がゆるんでしまう。

じゅらの服は、黒いキャミソールにホットパンツ、ヒールのサンダルという大人《おとな》っぽい組み合わせ。

ファッションビルについて、いっしょにお店をまわる。

じゅらは、やさしい小野さんの雰囲気《ふんいき》に似合《にあ》う、花柄《はながら》のワンピースを見つけた。

「これに、ちょっとひねってラメ入り透明《とうめい》ビニールのサンダルを合わせるの」

小野さんは、おずおずと、マネキンが着ている細身の黒いパンツを指さした。

「こういうのはどうかなあ？」

「ダメダメ！　そんな服、小野さんには似合わないよ。パンツがいいなら、もっときれいな黄色とか緑のほうがいいよ」

「そうかなあ」

小野《おの》さんは自信なさげだ。

「絶対《ぜったい》そうだって」

じゅらは、小野さんに、きれいなクリームイエローのカーゴパンツを当てて見せた。

「ほら！　すごく似合《にあ》う！　小野さんはやさしくてほんわかしたイメージだから、こういうのが絶対いいって。じゃあワンピースはやめて、トップスは大きめ柄《がら》のブラウスにしよう」

じゅらが選んだ組み合わせに、首をかしげながら小野さんは試着室にはいっていった。

「着替《きが》えた？」

じゅらは試着室に声をかけた。

「うん」

自信なさそうな声だ。

でも試着室のカーテンをあけて、じゅらの選んだ大きめ柄のブラウスと、クリームイエローのカーゴパンツを着た小野《おの》さんは、すごくオシャレだし、いい感じだ。

「すごい、いいよ！」

「そうかな……でも」小野さんは鏡をふりかえった。

「太って見えない？」

「そんなことないって」

じゅらは断言《だんげん》した。

結局小野さんはじゅらオススメの組み合わせを買った。そして、じゅらは、黒い細身のパンツを買った。小野さんが「こういうのはどうかな」と言っていたパンツだ。友だちの服をいっしょに買いに行くと言ったら、お母さんがおこずかいをくれたのだ。

店を出てふたりでならんで歩く。

じゅらは、うれしくて自然と早足になってしまい、小野さんは遅《おく》れがちになった。

ふりむきざまに声をかける。

「今日《きょう》よかったね！」

うつむいていた小野さんが顔をあげた。一瞬《いっしゅん》見えたその表情《ひょうじょう》になんだか、カチンときた。うれしそうじゃなかったからだ。

「うん、ありがとう」

小野《おの》さんはすぐにいつもの笑顔になっていた。

だけどじゅらは、そのままスルーできなかった。

ならんで歩きながら聞いてみた。

「その服、気に入らない？」

「そんなことないよ」

「じゃあ、どうして？」

「どうしてって……なにが」

「本当に気に入ったら、そんな顔しないんじゃない？」

だんだんと口調もとげとげしくなっていく。

「そんなことない……」

小野さんは、どんどんうつむいて、声も小さくなっていく。

「小野さんのために選んだのに！」

小野《おの》さんはうつむいたまま、泣きそうな声でこたえた。

「うん。本当にありがとう」

言われてもちっともうれしくなかった。コンビニ店員のお礼みたいだ。

さっきまであんなにはずんでいた心は、今はぺしゃんこにつぶれていた。

駅までの道をならんで歩きながら、ものすごく心が遠く離《はな》れてしまったような気がした。

電車に乗っているあいだも、ふたりはひと言も会話しなかった。

小野さんはずっとうつむいている。じゅらはちらちらと小野さんのほうを見ていた。小野《おの》さんは降《お》りる駅になって、ようやく顔を上げた。

「市ノ瀬《いちのせ》さん、またね」

じゅらは返事をかえさなかった。

せっかくできた友だちを、失ってしまったのかもしれない。

家に帰ったじゅらは、黒い細身パンツの袋《ふくろ》をあけもせずに、部屋《へや》に放り投げた。

カバンをあけて、日記ノートを壁《かべ》に投げつけた。八塚《やつか》くんのゲームがテーマの日記だ。ちょうど落ちてひらいたページが、小野さんが描《か》いたページだった。ゲームのキャラクターの絵が描いてある。絵はうまいけど、ファッションセンスはぜんぜんなってない。

むかついてペンケースも投げた。カバンをふりまわしたら、キーホルダーのヒモがぶちっと切れた。カバンをふみつける。

「ムカつく！　ムカつく！」

大きな声でさけんで、ベッドにつっぷした。

サイテイだ。

その夜、なかなか眠《ねむ》れなかった。

小野《おの》さんからメールが来ていないか、何度も携帯《けいたい》を確認《かくにん》した。だけど、メールは来ない。だからって今さら、ショッピングモールの万引き友だちにメールなんてできない。

携帯ゲームももうあきてしまった。

じゅらは、携帯を手に取り、まくらもとに置き、また手に持った。

放り投げたままの今日《きょう》買った服の袋《ふくろ》をちらと見る。昔は新しい服を買ったらすぐ、写真をとってアップしてた。

指先がアドレスを覚えている。ひらく一瞬《いっしゅん》、やめようかと思った。

でもひらいてしまった。

ネットの学年掲示板《けいじばん》。

何か月ぶりだろう。もう二度と見たくない、と思っていたのに。

じゅらが学校に行かなくなったのは、同じクラスの女子に、学年掲示板にひどいことを書かれたからだ。学校の教室ではムシされて、学年掲示板では、悪口言われて、あおられて、自慢《じまん》のファッション写真もボロクソ。反論《はんろん》すれば、百倍たたかれて……。

ふとんに寝《ね》っ転《ころ》がったまま、じゅらは夜遅《おそ》くまで、携帯《けいたい》で学年掲示板《けいじばん》を読み続けていた。学年掲示板では、だれもうじゅらの話はしていない。

学年掲示板で今、みんなからいじめられているのは……。

藤堂里利《とうどうりり》……去年じゅらをいじめていた本人だった。

5　もういちどつながる

じゅらが、アシストクラスのドアをあけると、小野《おの》さんが席にすわっているのが見えた。そちらには行かずに、八塚《やつか》くんのとなりの自分の席にすわった。

カバンから八塚くんのノートを取りだしてわたした。いつもの朝なら、小野さんがこっちの席に来るか、じゅらが小野さんの席に行って、おしゃべりする。だけど、今日はじゅらも行かないし、小野さんも来ない。

じゅらは、目をごしごしとこすった。昨日《きのう》、遅《おそ》くまで学年掲示板《けいじばん》を見ていたので、寝不足《ねぶそく》だ。

ドアががらりとあいて、真名子《まなこ》先生がはいってきた。

「おーみんな、おはよう！　最高にめちゃめちゃいい天気だな！」

今日《きょう》も朝からテンションが高い。じゅらと目が合った先生がおどろいた顔をした。

「なんだ、市ノ瀬《いちのせ》。目が真っ赤じゃないか」

「寝《ね》るのが遅《おそ》かったから」

じゅらは、ぷいと顔をそらした。

「ちゃんと寝ないとダメだぞ。午前中は『マッスル作戦』だからな。体育館行くぞ！」

みんな立ち上がって体育館へ向かう。マッスル作戦は、サバイバルのための体力作りだ。鬼《おに》ごっこからはじまったマッスル作戦は、このごろはもっと実践的《じっせんてき》な組み手も取り入れて本格的《ほんかくてき》になっている。組み手をするとき、じゅらはいつも小野《おの》さんと組んでいたけれど、今日《きょう》はだれとも組まなかった。八塚《やつか》くんと秋山《あきやま》くんが組んで、手首をとる練習をしている横で、田中《たなか》くんはえんえんと腕立《うでた》てふせをしている。松原《まつばら》さんと福田《ふくだ》さんの女子ふたりはいつもいっしょに組んでいる。じゅらは、田中くんの横で、腕立てふせをした。

はしっこで、小野さんがひとりでぽつんと突《つ》っ立《た》っているのが見えた。

しばらくすると松原さんが小野さんに声をかけた。小野さんは、松原さんたちと手首とり練習をしはじめた。

その様子を見ながら、じゅらはだんだんむかむかしてきた。

だれでもいいんじゃん。

松原《まつばら》さんがいいなら、松原さんといればいい。

むかむかしながら、顔をそらした、その先に真名子《まなこ》先生がいた。先生がニコッと笑う。

「どうした、市ノ瀬《いちのせ》」

「どうもしない！」

それ以上、先生は話しかけてこなかった。いつもお昼までの時間がとても短く感じるのに、今日《きょう》は長く感じた。

お昼は、それぞれ持ってきたお弁当を食べる。じゅらはいつも買ってきたパンを食べている。小野《おの》さんはお弁当だから、サンドイッチとおかずを交換《こうかん》したりしていたけれど、今日はお昼も、別々の机《つくえ》で食べた。

真名子先生はコンビニ弁当《べんとう》だ。おやつのプリンをひと口食べると、弁当についていたしょうゆのパックを手に取った。

「なあ、プリンにしょうゆをかけると、ウニの味になるって知ってるか？」

「知らない」

「おれもだ。ためしてみよう」

しょうゆをかけたプリンをほおばった先生は、なんとも言えない顔をした。

今日《きょう》はつっこむ気にもなれない。静かにひとりで食べるはずだったのに、となりの八塚《やつか》くんがなぜか、うるさいくらい話しかけてきて、昼休みぎりぎりに、ようやく食べ終わった。

午後の授業《じゅぎょう》の時間になった。

教壇《きょうだん》に立った真名子《まなこ》先生の様子が、なんとなくいつもとちがう。真名子先生は、笑みを浮《う》かべながら、前の席にすわっている小野《おの》さんに目を向けた。小野さんはうつむいていた。

真名子先生は、何度もうなずいた。

「うんうん、ちょうどいいタイミングだ」

なにがちょうどいいのかぜんぜんわからない。

真名子先生はテーブルを片付《かたづ》けるよう指示《しじ》した。今日の午後はいろんな動物のサバイバルの授業《じゅぎょう》をするはずだったのに。机《つくえ》を片付《かたづ》けて、イスを丸くならべる。

「会話のキャッチボール？」

八塚《やつか》くんがたずねる。先生が、ニコッと笑う。

「いや、今日《きょう》ははじめての授業だ。みんなすわって。会話のキャッチボールのときみたいに」

丸くならべたイスにすわる。こうすると、全員がおたがいの顔が見える。

じゅらは今日はじめて小野《おの》さんの顔を前から見た。うつむいた小野さんは、今にも泣きだしそうな顔をしていた。

みんなが着席したところで、真名子《まなこ》先生が口をひらいた。

「今日は、このアシストクラスで、一番にだいじな授業だ。これは生きてくうえでもっともだいじで、もっとも難《むずか》しい作戦でもある。今日みんなが学ぶサバイバル、それは、『仲直り作戦』だ」

じゅらははっとして顔を上げた。小野さんも身体《からだ》をぴくりとふるわせた。

真名子先生と目が合った。

「市ノ瀬《いちのせ》、おまえ、小野《おの》とケンカしたんだろう。今朝《けさ》から一度も口きいてないもんな」

「ちがう、あたしは……」

じゅらは半分腰《こし》を浮《う》かせたまま、言葉が続かない。となりの八塚《やつか》くんに目を向けると、八塚くんが小声で「だいじょうぶだよ」と言った。なにがだいじょうぶなのか知らないけれど、じゅらはとにかく、イスにすわり直した。

真名子《まなこ》先生が、しずかにたずねた。

「なにがあったんだ？　話してみろよ」

じゅらは、小野さんに目を向けた。小野さんはうつむいたまま、ひざのうえで、こぶしをぎゅっとにぎりしめている。泣きだしそうなその姿《すがた》を見ているうちに、だんだんいたたまれなくなってきた。これじゃ、自分が小野さんをいじめているみたいだ。

本当は、逆《ぎゃく》なのに。

「もうムカツク！　あたしなにもしてないのに。小野さんが、気に入らないって、言ったんだよ」

小野さんがはじかれたように顔を上げた。

「気に入らないなんて言ってない。あたし、なにも」

「でも、イヤそうな顔してたじゃない！　気に入らないなら、気に入らないって言えばいいのに、言わずに、イヤな顔して」

「ちがう！」

真名子《まなこ》先生が、手でさえぎった。

「ちょっと、待て。最初からちゃんと話してみろよ」

じゅらは、昨日《きのう》の買い物のことを、最初から全部話した。小野《おの》さんが、似合《にあ》わない黒いパンツを選ぼうとしていたこと。小野さんに似合う、明るい色の服を選んであげたこと。それなのに、小野さんは喜《よろこ》ばずに、ぜんぜんうれしそうじゃない顔をしていたこと。

小野さんはじゅらの話を、だまって聞いていた。

「せっかく小野さんに似合うのを、選んであげたのに」

じゅらの言葉に、小野さんはうつむいたままだ。

腕組《うでぐ》みして聞いていた真名子先生が、小野さんに話しかけた。

「だけど、本当は小野《おの》は、黒いパンツが気に入っていたんだろう？」

小野さんが、小さくうなずいたように見えた。

「でも！　小野さんには黒じゃないほうが似合《にあ》うのに！」

じゅらの言葉に、小野さんはますます小さくちぢこまっていく。

真名子《まなこ》先生は、じゅらに目を向けた。

「市ノ瀬《いちのせ》は、黒じゃないほうが小野に似合う、そのほうがかわいいって思ったんだよな。それは悪気じゃないし、小野をいじめようと思ったわけでもない。相手のためを思ってしたことだ。そうだろう？」

じゅらは、大きく何度もうなずいた。それをわかってくれなかったから、悲しかったのだ。

真名子先生がみんなに向き直った。

「ちょっとみんなも考えてみてほしい。相手のためを思ってすること、って、いいことか？」

一番最初に答えたのは八塚《やつか》くんだった。

「悪いことじゃないと思うけど？」

先生がにやりと笑った。真名子《まなこ》先生がこんなふうに笑うときは、なにかたくらんでいるときだ。

「なるほどな。じゃあ、いろんな、相手のためにする行動を考えてみよう。たとえば、みんな不登校になってから、担任《たんにん》の先生に言われたろう？『きみの将来《しょうらい》のために、学校に行くべきだ』って。それから八塚《やつか》は親に、山村留学《さんそんりゅうがく》しなさいって言われて、絶対《ぜったい》イヤで、自分でここを探《さが》したって言ってたよな。親は八塚のために山村留学しろって言ったんだよ」

「ちがう！　おれのためじゃない！」

めずらしく八塚くんが声を荒《あら》らげた。

「じゃあ、なんのためだ？」

「山村留学すればおれが学校に行けるようになると思ってるんだろうけど、おれは山の中なんて行きたくない」

「うん。っていうことは、八塚の親は『八塚のため』って思ったけど、それがまちがってたってことだよな」

「うん。まちがってる」

じゅらはふたりのやりとりに割《わ》ってはいった。

「あたしはまちがってない！　だって小野《おの》さんに似合《にあ》うのは黒じゃないもの」

真名子《まなこ》先生は、じゅらの目をじっと見つめた。

「だけど、小野は黒が着たかった」

「でも、似合わない服を着たって……」

「似合うけど好きじゃない服を着るより、似合わないかもしれないけど好きな服を着たいって、小野は思ったんじゃないか？」

「それは……」

真名子先生は小野さんに目を向けた。小野さんはだまったまま、うつむいている。

「おれには、そもそも小野に何色が似合うかなんてわからん。だけど、今だいじなのはそこじゃない。小野がどう思ったか。どう感じたか。市ノ瀬《いちのせ》は小野を喜《よろこ》ばせたいって思ったんだろう？　それなのに、小野を悲しませてしまった。どうしてだ？　なぜだ？　どうしたら小野《おの》が喜ぶか、市ノ瀬《いちのせ》は本当に本気で考えたか？」

じゅらは口をとがらせた。

「喜《よろこ》んでほしいって思ったのに」

「それは市ノ瀬自身の気持ちだろ？　だれだって喜んでほしいって思うのに、まちがうのはなぜだ？　市ノ瀬は小野の気持ちを頭から、ゆげが出るほど、考えたか？　鬼《おに》ごっこ作戦で練習しただろう？　相手の気持ちを考えろって」

「だって……あたしなら、似合《にあ》うほうが絶対《ぜったい》いいし」

「そこだ！」

真名子《まなこ》先生がさけんだ。

「今、市ノ瀬はすごくだいじなことを言った。わかるか？」

みんな首をふった。先生が続ける。

「相手の気持を考えるっていうのは、自分が相手だったら、っていうのとはちがう。ここが最大のまちがいやすいポイントだ。ライオンとヤギが、おたがいを喜ばせたいと思ったとする。ライオンはお肉を山盛《やまも》りにしてお客に出した。よだれが出そうなご

馳走《ちそう》だ。だけどお客のヤギはひと口も食えないどころか、気持ち悪くなって、怒《おこ》って帰っちまった。逆《ぎゃく》にヤギがライオンをもてなそうとして、さくさくの干《ほ》し草《くさ》を山盛《やまも》り出した。ライオンは、なんだこのゴミは！　ってぶち切れた」
先生がみんなを見まわす。
「どっちも嫌《いや》がらせしようとしたんじゃないんだぜ。わかるよな。ライオンは、自分だったらなにを食べたいかじゃなくて、ヤギがなにを食べたいのかを考えなきゃならなかったんだ。ヤギもおなじ。市ノ瀬《いちのせ》は、自分だったらこうしてほしいってことをしたんだろうけど、それじゃだめだ。相手は喜《よろこ》ばない。喜ばせるどころか、押《お》しつけになっちまってる。市《いち》ノ瀬《せ》だって、押しつけられてイヤだって言ってたろう。お母さんに看護師《かんごし》になれって言われて」

「あ……」

たしかに、日記に書いたことがあった。

「それってもしかして本当は、市ノ瀬のお母さん自身が看護師になりたかったんじゃないか？」

その瞬間《しゅんかん》、じゅらは、横面《よこつら》を張《は》られたような衝撃《しょうげき》を受けた。

ファッションデザイナーなんてくだらないと、お母さんに言われるのがなによりイヤだった。介護《かいご》の仕事をしているお母さんは、いつも、看護師になりなさいと言う。看護師は介護より給料が高いから。看護師がどんなにいい仕事か、何度もくりかえす。どうしてそんなにしつこく言うのか、わからなかった。

だけど、本当はお母さん自身が看護師になりたかったんだとしたら。

そして、そのお母さんと同じことを自分がしていたという、ショックがじわじわときいてきた。

「あたし、押《お》しつけるつもりじゃ……」

「そう。つもりじゃないよな。気づいていなかったんだから。だけど、もう気づいた。だろう?」

じゅらは、唇《くちびる》をぎゅっとかみしめて、うなずいた。

先生の言うとおりだ。

小野《おの》さんがなにをしたいか、本気で考えていなかった。

押しつけだった……。

「気づいたら、行動しなくちゃな。思っただけじゃなにも変わらないぞ」

「小野さん、ごめんね」

不思議と素直《すなお》にあやまれた。本心からの言葉だった。

おそるおそる顔を上げると、小野さんが目をうるませてほほえんでいるのが見えた。

「ううん。こっちこそ、ごめんね」

「小野さんは悪くないよ」

じゅらの言葉に、真名子《まなこ》先生が首をふった。

「いや、小野《おの》にもひとつ問題がある。なあ、小野。自分がなにをほしいのか、なにをしたいのか、は言葉に出して言わなくちゃ伝わらないんだ。赤ん坊《あかぼう》だったら、ただ泣けばいい。機嫌《きげん》悪くなってぐずればいい。だけど小野はもう赤ん坊じゃないよな」

小野さんが小さくうなずいた。

「言葉にして考えることがだいじなんだ。ケンカしてイヤな気分だっただろう？　そうするとな、脳《のう》みそはそのイヤな気分の理由を『あいつのせいだ！』って勝手に決めつけちまうんだ。だけど、今ちゃんとおたがいの気持ちを言葉にして話したら、原因《げんいん》は『本当のことを言えなかった』からだって、わかったろう？　かんたんに『ムカツク』とか『うざい』とかひと言で終わらせるな。どうしてそう感じるのか、言葉にして考えてみるんだ。そして、相手にも、ちゃんと言葉にして伝えていこうな」

もう小野さんはうつむいていない。真名子先生をまっすぐに見つめてうなずいている。

「うん。あとは伝え方もだいじだな。市ノ瀬《いちのせ》もな。思ってることをそのまま言い過ぎるところがあるな。おれの緑ジャージをカエルみたいとか、な」

笑い声があがった。

真名子《まなこ》先生も白い歯を見せて笑った。

じゅらもつられて笑った。これからは先生にもちょっとだけやさしくしてあげよう。

「それに。市ノ瀬《いちのせ》はせっかくセンスがいいんだから、小野《おの》にも似合《にあ》う黒とか、小野が好きな黒いパンツを似合うようにかわいく着こなすポイントとか、そういうのだって、考えられるんじゃないか？」

思わず反射的《はんしゃてき》に立ち上がっていた。

「それいい！　それだったら小野さんも喜《よろこ》んでくれるかな？」

小野さんが輝《かがや》く笑顔で「うん！　うれしい！」とすぐに答えてくれた。

「じゃあ、また家に遊びに行っていい？」

「来て！　もっと服のこと教えて！」

今度こそ小野さんが本当に心の底から喜んでいるのがわかる。ふたりのあいだを相手を想《おも》う言葉が行き来するたびに、じゅらの心もどんどんあったかく熱くなっていく。

うれしい気持ちがはずむ！

喜《よろこ》びが、どんどんいっしょに大きくなっていく。

どちらともなく手をのばし、ふたりは手をつないでいた。

「よかったな」

真名子《まなこ》先生が、じゅらと、小野《おの》さんの頭を、両手でぐりぐりとなでてくれた。

「仲直り作戦大成功だ！」

とくいげな顔の真名子先生に、じゅらはひとこと言ってやった。

「もう仲直りはしない。だってもうケンカしないもん」

真名子先生が、片《かた》まゆを上げた。

「なに言ってんだ。ケンカ、いっぱいしろよ」

「どうしてよ！　イジワル！」

先生は苦笑して、頭をかいた。

「イジワルじゃないぞ。ちがう人間同士、いっしょにいたら、ぶつかったり対立したりケンカしたりするのは当たり前だろう？　なんにもしなかったら、仲良くもなれないじゃないか。ケンカして仲直りする、それを何度も何度もくりかえすんだ。くりかえすほど、強くなる。これが絆《きずな》の糸を強くしていく究極《きゅうきょく》の方法だ。友だち関係も、家族も、そして恋愛《れんあい》だって同じだぞ」

八塚《やつか》くんが身体《からだ》をのけぞらせた。

「マジかよ、たいへんそう」

「そうだ。たいへんだ。人間ってのはな、思いどおりにはならないものなんだ。だれのことも、どうやっても、自分の思うとおりにはできない。どんなに仲良しの友だちも家族も恋人《こいびと》も」

先生は八塚くんの頭をぐしゃぐしゃっと、なでた。

「おまえらだって、なにひとつおれの思うとおりになりゃしねえ。それでいいんだ。思いどおりにしたいなら、お人形でいいだろう？　生きてなくていい。もし、神様が人間を作ったんだとしたら、神様はさ、世界の中でなにか、自分の思うとおりにならないものが、ほしかったんだと思うよ」

「わがまま！」

松原《まつばら》さんと福田《ふくだ》さんがハモった。

「ほんとだな！」

真名子《まなこ》先生が笑う。

みんな笑ってる。田中《たなか》くんも笑ってる。じゅらと小野《おの》さんの喜びがみんなにもうつったみたい。

真名子先生がふと真顔になった。

「神様だって思うとおりにならないんだから、おまえらが思うとおりにできなくて当たり前だ。だから、一生懸命《いっしょうけんめい》、想像するんだ。相手がなにを考えてるのか。こうして考えることは、これから生きてくすべてに役立つ。すべてにだ。たとえば、犯罪《はんざい》を減《へ》らすためにも役立つ」

先生は、ちらとじゅらを見て続けた。

「おれは、ある小さな駄菓子屋《だがしや》のばあちゃんと友だちなんだが。しわくちゃの、ちっこいばあちゃんで、目なんかしわにうもれて、起きてるんだか寝《ね》てるんだかわからないくらいの年寄りなのに、今でも毎日店番してる。売り上げなんて、百円のアメ一個売れて一円、っていうくらい、もうホントにわずかなものなんだ。でも、ばあちゃんは、店をやめない。子どものお客さんに来てもらうのが、ばあちゃんの喜びなんだよ」

じゅらの心臓《しんぞう》がどきりと鳴った。

「一日店番して、たったの十円も売り上げがない日もある。それでも店をあける。ばあちゃんはトロいし目も悪いから、店のものが盗《ぬす》まれても気づかないこともある。盗まれて売り上げがマイナスになっても、……それでもばあちゃんは店をやめない。警《けい》察《さつ》にも言わない。だって、子どもが好きだからな」

まちがいない。……みなと屋のおばあさんのことだ。

じゅらはうつむいて、ぎゅっとこぶしをにぎった。真《ま》名《な》子《こ》先生は、じゅらに語りかけている。じゅらは、顔を上げて、真名子先生と向き合った。

「ばあちゃんが、そういう気持ちで、店番してるってことを、みんなが知ってたら、百円のシールをおもしろ半分に、盗《ぬす》んだりできるはずないだろう？　ばあちゃんの駄《だ》菓《が》子《し》屋《や》だけじゃない。どこのお店のどんな品物も一生懸命《いっしょうけんめい》作って売ってる人がいる。青果店の野菜を心こめて作ってる農家の人がいて、だれかのお財布《さいふ》には、その人が必死に働いたお金がはいってるんだ。それを盗《ぬす》んだりなんか、できないだろう？」

じゅらは思い出した。一番最初の日、先生は、アシストクラスに来れば、自分が万引きした本当の理由がわかると言ったのだ。胸《むね》がきりきりと痛《いた》んだ。

「盗んだりする人は、自分のことしか考えていないから盗むんだと思います」

じゅらの言葉に、真名子《まなこ》先生は、一瞬《いっしゅん》なにかを言いかけて口をつぐんだ。

そしてニコっと笑ってみんなを見わたした。

「世界中のみんなが、相手のことを考えるようになったら、もっと世の中良くなるよな。だけどそれはそんなに難《むずか》しいことじゃないんだ。まずは自分がそうなればいいんだから。みんながそう思ったら、今いる場所が、みんなにとって、すごく居心地《いごこち》のいい場所になってるはずだろ」

先生の言葉が、じゅらの心の中にこだました。

気づいたら、行動しなくちゃ……。

その日の帰り道。じゅらは、ひとりで、みなと屋に行った。あれからずっと、行っていなかった。

みなと屋の入り口が見えてくると、足が進まなくなってきた。

ゆるしてもらえるだろうか。

こわい。

このまま逃《に》げてしまいたい。

真名子《まなこ》先生の顔が浮《う》かぶ。

先生は逃げてもいいって言った。今だって逃げようと思えば逃げられる。だれかにむりやりやらされてるわけじゃない。

あたしが、あやまりたいんだ。

そう思ったら、すっと心が落ち着いた。

じゅらは、みなと屋の戸口に立った。お店の中には店番のおばあさんひとり。あとはだれもいない。おばあさんは今日《きょう》もうつらうつらしている。

「あの」

じゅらの声に、おばあさんが顔を上げた。しわにうもれた目は、どこかで見たことがあるような気がした。

じゅらは、深く頭を下げた。

「このあいだ、ここで万引きしようとしました。真名子《まなこ》先生に言われてやめたけど、そのときちゃんとあやまらなくてごめんなさい。自分が悪いことしたって、わかりました。もう二度としません。ごめんなさい！」

一気に言った。

おばあさんはなにも言わない。じゅらはそっと頭を上げた。

おばあさんのしわしわの顔が、さっきよりもっとしわしわになっている。

おばあさんはしわしわの手に、ペロペロキャンディーを持って、ふるえながら差しだした。

「よく来たね。来てくれて、ありがとうね。これはおまけだよ」

おばあさんの目がうるんでいた。

その瞬間《しゅんかん》、じゅらの目からも熱い涙《なみだ》が流れた。

おばあさんの手からペロペロキャンディーを受け取る。

「いつでもおいで」

おばあさんの言葉で、じゅらはまたひとつ、自分の居場所《いばしょ》ができたことを知った。
自分の居場所の作り方なんて、まったくわからなかった。
真名子《まなこ》先生に会うまでは。
真名子先生が教えてくれた。
今までならできなかったことが、できるようになった。
だから、今までなら、思いもしなかったことを、思うようになった。
そして、思うだけじゃなく、行動しなくちゃダメなんだってわかった。
行動すれば、変えていけるということ

も知った。

じゅらはその夜、学年掲示板《けいじばん》に書きこみをした。

書きこみをするのは、ものすごく久《ひさ》しぶりで、入力ボタンを押《お》すとき、手がふるえた。

あることないことひどいこと書かれていたときのことを思い出したからだ。

でも、今学年掲示板でいじめのターゲットになっているのは、じゅらじゃない。じゅらをいじめていた、藤堂里利《とうどうりり》だ。

じゅらは、

——もう、いじめなんてくだらないことやめなよ。

と、「とおりすがり」っていう名前で書きこんだ。

すぐにレスがついた。

——イイ子ぶってバカみたい。

たたかれるのは覚悟《かくご》のうえだ。レスは止まらず、ひと晩《ばん》で、百以上になった。

6 取り返しがつくこととつかないこと

藤堂里利《とうどうりり》は、おしゃれで、かわいくて、目立つ子だった。

じゅらは、五年生ではじめて、藤堂里利といっしょのクラスになった。藤堂里利の着ている服はいつも新しくておしゃれで、高そうだった。ペンケースも、髪《かみ》ゴムも、リップも、持っているものみんな、いちいちみんなの注目のまとになった。里利は、シールやノート、かわいいメモ帳なんかをよく、みんなに配っていた。じゅらも、ケシゴムをもらったことがある。

最初は、ずいぶん親切な子なんだなって思った。でもそれは、みんなを自分の味方につけるためだったんだってことが、だんだんとわかってきた。まわりにはいつもとりまきがいて、里利もそれを当たり前だって思ってるみたいだった。

じゅらは、里利みたいに高い服は買えなかったけど、安い服を重ね着したり、リボンやボタンをつけたり自分なりに工夫しておしゃれしていた。五年生の二学期、クラスにビーズ付きヘアゴムを流行《はや》らせたのは、じゅらだ。

じゅらはクラスで一番おしゃれなのは自分だと思っていた。

だからべつに、里利《りり》がとりまきを増《ふ》やしても、気にしていなかった。気にすればよかったのかもしれない。

クラスで一番おしゃれな子、というポジションを決めるために。

里利にとっては、そのポジションがなによりだいじだったのだと思う。

きっかけとなったひと言を、じゅらは今でも覚えている。

五年生の一月、冬休み明けの日、肩《かた》まであった髪《かみ》を切って、ボブヘアーで登校してきた里利。前の髪形のほうが似合《にあ》っていたのに、とりまきたちは「似合う」「すてき」と言っていた。見えすいたお世辞《せじ》にしか思えなかった。じゅらは思ったとおりのことを言った。

「里利にボブは似合わないよ」

その夜、学年掲示板《けいじばん》に投稿《とうこう》したじゅらの写真は、ムシされた。気のせいかと思ったけれど、何度投稿《とうこう》してもスルーされた。

学校でもみんながなんとなく、よそよそしくなってきて、おかしいなと思ったときはもう遅《おそ》かった。

学年掲示板《けいじばん》でははげしい、じゅらたたきがはじまった。

最初にたたいてきたのは里利《りり》だ。すぐにとりまきの子がまねしてたたくようになり、クラス全員の女子に広まった。

じゅらがなにを書きこんでも、なにをコメントしても、きいてもらえない。言葉のひとつひとつを、バカにして、ふみつけにして、笑いものにされた。

その一方で、学校では徹底的《てっていてき》にムシされた。ゴミ箱には、じゅらが作ってクラスの女子に配った、ビーズ付きヘアゴムが捨《す》ててあった。

クラスの男子も、里利の言いなりだった。

掲示板でたたかれ、学校でムシされて、じゅらの居場所《いばしょ》は完全になくなった。

里利の髪形《かみがた》が、長かったときのほうが似合《にあ》うと思ったのは本当だ。だけど髪はすぐにはのびない。今思えば、真名子《まなこ》先生に言われたとおり、言い方もきつかった。里利だって、新しい髪形《かみがた》が似合《にあ》うかどうか不安だったんだろうし。

あのとき、ちがう言い方ができていればクラス中にムシされることはなかったのだろうか。そうしたら、今でも学校に行けていたんだろうか……。

もう終わってしまったことはとりかえしがつかない。

ただ、ひとつ言えるのは、すくなくともじゅらは今、みんなが里利《りり》をたたいているのを見て、自分もそうしようとは思えなかったということだ。

里利がかわいそう、っていうのとはちがう。

自業自得《じごうじとく》、って気もする。

だけど、やっぱり。

イジメはいやだ。

イジメられるのも、イジメられているのを見るのも、気持ち悪い。

じゅらにとってそれだけは、まちがいなく真実だ。

だから、ほうっておけなかった。

里利を助けたいって思ったわけじゃない。

みんなでよってたかって、里利《りり》をたたいている、学年掲示板《けいじばん》が、ぞっとするほど、イヤらしい、気持ち悪いものに思えた。

人の悪意。ねたみと、うらみと、イジワル、やっかみ、あざ笑い、さげすみ、憎《にく》しみ、ありとあらゆる、きたならしく、鼻がまがりそうなほどくさい、気持ち悪いドロドロとした感情《かんじょう》のうず。

ムシできなかった。

次の日も、じゅらは学年掲示板《けいじばん》に、「とおりすがり」という名前で返信を書きこんだ。

——イジメても、だれも得しない。

——イジメるほど、自分がキライになる。

——イジメている時間がもったいない。

アシストクラスで真名子《まなこ》先生に学んだことを、みんなにもわかってほしかった。

正義《せいぎ》のペンで、言葉で伝えるのが、自分の役割《やくわり》だと思った。

でも、その次の日も、そのまた次の日も、じゅらの意見に賛同《さんどう》するコメントはひとつもつかなかった。ひとつ残らず全部が、「とおりすがり」を攻撃《こうげき》するコメントだった。

せめてよかったのは、とおりすがりを攻撃《こうげき》している分、里利《りり》への個人攻撃が減《へ》ったことだ。

そんな中、ひとつ気になる投稿《とうこう》があった。

——とおりすがりの投稿見て、五年三組にいた、市ノ瀬《いちのせ》じゅら、思い出した。

自分を覚えていてくれた人がいた、と知って、なんだか不思議な気持ちがした。とっくに忘《わす》れられている、って思ってたから。もしかして学校にもどれるかもしれないとはじめて思った。

八月ももう後半。アシストクラスももうすぐ終わってしまう。せっかく見つけた居《い》場所《ばしょ》はあと少ししかいられない。もし九月から学校にもどれるものなら、もどりたい。アシストクラスのジョギングで会った、去年のアシストクラスの卒業生みたいに。

次の日曜に、じゅらは駅前の文房具《ぶんぼうぐ》店に行った。学校にもどるなら、ノートやペンケースがいる。前に使っていたペンケースはぐしゃぐしゃにいたずら描《が》きされて捨《す》ててしまった。

九月から学校で使うノートを買いたいと言ったら、お母さんは機嫌《きげん》よく三千円もくれた。

ノートやペンケース、鉛筆《えんぴつ》、ケシゴムを買って、文具店《ぶんぐてん》を出ようとしたところで、だれかの視線《しせん》を感じた。

ふりむくと、文具店の入り口に、さえない灰色《はいいろ》の服を着た、知らない小学生女子がいた。顔も小さくてスタイルはいいのに、よく見れば服だってブランドもののワンピースなのに、ぜんぜん似合《にあ》ってないし、もったいないって思いながら、ちら見したじゅらは、思わず、買ったばかりの文具の袋《ふくろ》を落としそうになった。

地味な女子は、……藤堂里利《とうどうりり》だった。

顔はたしかに里利だ。けれど見た目だけじゃなく、表情《ひょうじょう》もまるで別人のように暗い。

あの、いつもキラキラ輝《かがや》いていた里利が。

頭の中を、一気にいろいろな思いがかけめぐった。

二度と顔を見たくない、と思ってた。

いじめられている苦しさを、里利に思い知らせてやりたいと思った。

少しはスッキリするだろうって思った。

　それなのに、こんなになってしまった里利《りり》に会った今、スッキリするどころか、気分が悪くなるばかりだ。

　じゅらは、逃《に》げようとする里利を呼《よ》び止めた。

「待って！」

　里利の顔には、おびえが浮《う》かんでいる。

　じゅらは里利の腕《うで》をつかんだ。

「里利、早く逃げなよ！」

　里利が目を見ひらいた。

「あんなクソみたいな掲示板《けいじばん》やめちゃいな！　別な居場所《いばしょ》を探《さが》せばいいじゃん！　あたしは居場所見つけたよ！」

　里利が、ひび割《わ》れたくちびるをひらい

た。

「やっぱり、とおりすがりって、じゅらだったの」

ふたりは一瞬《いっしゅん》、無言で見つめあった。

「さあね」

じゅらは、里利《りり》の手をはなした。

里利本人に言うべきことを言えた。これでもうあの気持ち悪い掲示板《けいじばん》を見なくてすむ。背《せ》を向けて歩きだしたじゅらの耳に、つぶやくような小さなひと言が届《とど》いた。

「……ゴメンね」

早足で歩く。

ふりむかず歩く。

胸《むね》の中が、熱くうずまいている。

つらかった日々……。クラスのみんなからムシされて、掲示板でたたかれて、心がひび割《わ》れて、痛《いた》みさえ感じなくなっていたあのころ。

今はもうちがう。

ぐっと歯をかみしめる。

まだだ。アシストクラスが終わって、九月から学校にもどれたら……。そのとき、本当に笑おう。心から。

その夜、携帯《けいたい》に、知らない番号から電話があった。一度目は出なかったけれど、二度目に、もしかしてと思って出たら、無言で切れた。

月曜日、じゅらは登校したアシストクラスで、田中《たなか》くんに呼《よ》びとめられた。

「市ノ瀬《いちのせ》じゅらさん」

電車の話かなと思ったら、ちがった。

「0902ー……は、市ノ瀬さんの電話番号ですか」

「そうだけど。教えたっけ?」

田中くんはまゆをよせて、いつになく、難《むずか》しい顔をしている。

「教えていません。市ノ瀬さんは、いつもヒマなのですか」

「まあ、ヒマといえば、ヒマだけど。もしかして昨日《きのう》、電話した?」

「だれが電話したのですか」

いつも以上に、話がかみあわない。

すると、田中《たなか》くんは、カバンからタブレットパソコンを取り出した。

「ぼくは、毎日、アシストクラスの全員の名前を検索《けんさく》します。今朝《けさ》検索したら、市ノ《いちの》瀬《せ》じゅらさんの写真と電話番号がでてきました」

じゅらは小野《おの》さんと顔を見合わせた。小野さんが田中くんにたずねた。

「どうして検索するの?」

「みんなのことをもっと知りたいからです」

検索画面に「市ノ瀬じゅら」と入力していく。

八塚《やつか》くんが、「なに? 市ノ瀬の電話番号、流出したの? ヤバくない?」と言いながら、そばにやってきた。

「あたし、知らない。なにもしてないよ」

イヤな感じの気配に、アシストクラスのみんなが、田中くんとじゅらをとりかこんだ。

検索結果が出てきた瞬間《しゅんかん》、じゅらは血の気《け》がさあっと引くのを感じた。

じゅらの写真が、画面いっぱいにずらりと並《なら》んでいた。

黒のキャミソールを着たじゅらの写真に、ピンクの文字で、「いつもヒマなの。男の子からの電話まってます」と名前と電話番号が書いてあった。

「やだ！　消して！」

じゅらの言葉に田中《たなか》くんが首をふった。

「パソコンの電源《でんげん》を切っても、アップされた写真は消えません」

「消してよ！　今すぐ！」

「どうした？」

真名子《まなこ》先生が教室にはいってきた。

じゅらは、田中くんのタブレットを指さしてさけんだ。

「あたしの写真が勝手に！」

タブレットの画面を見た先生の顔がみるみるけわしくなった。

「この写真はだれがとったんだ？」

「あたしが自分で。キャミソールとホワイトジーンズのモノクロコーディネートを、去年、クラスの女子のグループメールに……」

八塚《やつか》くんが、「下着かと思った」と、ほっと息をついた。

「そんなわけないじゃん！」

でもたしかに、上半身だけで切り取られた写真を見ると、黒いスリップ姿《すがた》のようにも……見えるかもしれない。

そのとき、じゅらのポケットで、携帯《けいたい》が鳴りはじめた。

とりだして見ると、知らない番号だった。切ろうとして、指がすべって、電話がつながってしまった。

「あっ！」

すぐに電話の向こうから、男の声が聞こえてきた。

『じゅらちゃん？　かわいい声だね』

ぞっとした。じゅらの手からすべり落ちた携帯《けいたい》を、真名子《まなこ》先生がひったくった。

先生は、携帯に向かって、ドスのきいた低い声でひと言、

「二度とかけてくるな」

と言って切った。

するとすぐ、またちがう番号から電話がかかってきた。先生は携帯をぎろりとにらみつけて電源《でんげん》をオフにした。

「この携帯はおれがあずかる。それより市ノ瀬《いちのせ》。なんでこんなことされたんだ。クラスの女子グループって、おまえをイジメてたやつか？」

「ううん。その子は関係ないと思う。でも、学年掲示板《けいじばん》に」

先生が目をかっと見開いた。

「学年掲示板?!　そんなの見るなって言ったろう。まさか、なにか書きこんだのか？」

先生のまっすぐな目から、じゅらは顔をそむけた。

「だって。あたしをイジメてた藤堂里利《とうどうりり》が、……里利がたたかれてたから、あたし、居場所《いばしょ》がないつらさがよくわかるから。だから、どうしても放っておけなくて」

「イジメてたやつを助けようとしたのか……おまえは……それをこんな、ゆるさんぞ」

先生がぎりぎりと音を立てて歯ぎしりした。先生の体が怒《いか》りに熱く燃えている。

こんなに怒《おこ》った先生を初めて見た。

「こわい……」

先生は、はっと我《われ》にかえった顔で、じゅらを見た。先生の目には消えない強い怒りと、それ以上に大きな悲しみがあった。

「ごめんな。おまえに怒ってるんじゃないんだ。ゆるせないのは、おまえの顔写真を名前と電話番号入りでネットに投稿《とうこう》したクソやろうだ。これじゃおまえが」

と、口をつぐんだ先生を見て、じゅらは、自分がどんなにひどいことをされたのか、あらためてつきつけられた気がした。

この写真を見た人は、じゅらのことを、下着姿《すがた》で男からの電話を待っている子だと思うだろう。クラスの子や先生にこの写真を見られたら……。

じゅらは身体《からだ》がぐにゃぐにゃにくずれていくような気がした。先生が、じゅらの両《りょう》肩《かた》をささえてくれた。

　先生はじゅらをイスにすわらせると、みんなに向かって言った。

「今日《きょう》の授業《じゅぎょう》は自習だ。午前中は各自調べてきた動物のサバイバルを発表してくれ。そして午後はマッスル作戦！　おれも、五時までにはもどるから！」

　みんなが先生にすがりついた。

「先生、どこに行くの？」

「学年掲示板《けいじばん》を閉鎖《へいさ》する。そして出まわった画像を検索《けんさく》サイトに削除《さくじょ》してもらうよう掛《か》け合《あ》ってくる。おれがなんとかする！」

　先生の顔を見た瞬間《しゅんかん》、じゅらは、涙《なみだ》が出そうになった。

　信じるしかない。

　先生は、ドアに手をかけて、ふりむいた。

「みんな、市ノ瀬《いちのせ》をたのむ！」

　そう言って真名子《まなこ》先生が出て行ったあとの教室は、今までになかったくらい広く感じた。その広い空間が緊張感《きんちょうかん》ではりつめている。

じゅらが、いたたまれなくなって、立ち上がろうとした瞬間《しゅんかん》。

となりの席の八塚《やつか》くんがすくっと立った。そして秋山《あきやま》くんのもとに行ってなにか耳打ちしている。

それから教壇《きょうだん》に向かうと、八塚くんはいきなり、指を一本高くかかげた。

「ちゅうもーく！」

みんな、なにごとかと目を向けた。

八塚くんは黒板の前に立って、みんなの顔を見まわし、ぺこりと頭を下げた。

「ゴメン。だまってて。じつはおれ、魔法使《まほうつか》いなんだ」

みんな、あぜんとしている。

「これから魔法を見せるよ」

手を高く上げて、パチンと指を鳴らした。その瞬間、教室の電気が消えた。みんな、はっとして、天井《てんじょう》を見上げた。窓《まど》からの日ざしで暗くはない。

八塚くんがまた、指をパチンと鳴らすと、今度は電気がついた。

小野《おの》さんが、おどろきのまなざしで、八塚くんを見つめている。

パチン、パチンと続けて鳴らすと、電気がついたり消えたり。みんなおどろきの声をあげている。じゅらはなにげなく教室の後ろをふりむいた。

すると秋山《あきやま》くんが電気のスイッチを入れたり消したりしている。見られていることに気づいた秋山くんは、スイッチから手をはなしたけれど、もう遅《おそ》い。

「秋山くんが消してるんじゃん」

じゅらの声に、みんなも気づいて、一気に緊張《きんちょう》がほどけて、気のぬけた笑い声があがった。

「魔法使《まほうつか》いなんて言うから、どんなすごいウソかと思ったら、しょぼすぎるよ」

八塚《やつか》くんが首をふった。

「今みんな笑ったろ？　みんなを笑わせる、それがおれの魔法」

小野《おの》さんがぷっとふきだした。じゅらも思わず笑ってしまった。松原《まつばら》さんも福田《ふくだ》さんも。さっきまでピンとはりつめていた教室の雰囲気《ふんいき》が、ゆるくなごんだ。

「真名子《まなこ》先生のこと、笑って待とうよ。先生はいつだってなんとかしてくれたじゃん」

八塚くんの言葉に、秋山くんがうなずく。

秋山《あきやま》くんはまっすぐにホワイトボードに向かい、ペンを取って『動物のサバイバル』と書いた。力強くきれいな字だ。

「先生がもどってくるまで、ぼくらでやろう！」

小野《おの》さんがうなずいて、手をたたく。

みんなが気持ちをもりあげてくれている。それぞれのポジションで、それぞれの方法で。

田中《たなか》くんも。松原《まつばら》さんも福田《ふくだ》さんも。今、アシストクラスの全員が、じゅらの、命綱《いのちづな》になった。

じゅらは必死で笑顔を作った。真名子《まなこ》先生が教えてくれた。うれしいから笑顔になるだけじゃなく、笑顔でいればうれしい気持ちになるんだって。笑おう、って思っていると、少しだけ、あの画像のことを忘《わす》れていられた。

真名子先生がもどってきたのは、夕方五時すぎてからだった。

教室にはいってきた先生は、

「遅《おそ》くなって悪かった！　マッスル作戦しっかりやってたか？」

のサバイバ

いつもどおりテンション高かったけれど、顔には疲《つか》れが残っているように見えた。

みんなが先生にかけよる。

先生の表情《ひょうじょう》が、一瞬《いっしゅん》、くもった。先生は早口で答えた。

「元画像がアップされていた学年掲示板《けいじばん》は閉鎖《へいさ》したし、過去ログもすべて消去した。あの画像を作って拡散《かくさん》した犯人《はんにん》も特定できた。これから学校に行ってくる」

先生がつげた名前は、五年生の時の同じクラスの女子だった。名前を聞かなければ忘《わす》れていたくらい、めだたない子だった。

「どうしてこんな、ひどいこと……」

先生が顔をゆがめた。

「これがどんなにひどいことか、わかってないんだ！　相手をはずかしめる写真を、拡散した。肉体的な暴力《ぼうりょく》よりもっと、心に深くむごたらしい傷《きず》をつける、ひきょうできたならしい、最低最悪な犯罪《はんざい》だ」

先生の顔に強い怒《いか》りが浮《う》かんだ。

「たとえただの顔写真でも、本人にことわりなく拡散《かくさん》すれば、肖像権《しょうぞうけん》の侵害《しんがい》で訴《うった》えることができる。名前と電話を出せば個人情報保護法違反《じょうほうほごほういはん》、さらに中傷《ちゅうしょう》で名誉毀損罪《めいよきそんざい》、侮辱罪《ぶじょくざい》、携帯《けいたい》からだろうが、ネットカフェからだろうが、調べればすぐにわかる」

でもこれで、憎《にく》しみと悪意で満ちていた、あの学年掲示板《けいじばん》はもう閉鎖《へいさ》された。

「先生、ありがとう」

じゅらの言葉に、真名子《まなこ》先生の顔に、一瞬《いっしゅん》、とまどいが浮《う》かんだ。

「あ、ああ」

返事も歯切れが悪い。

「……あの画像は学年掲示板以外にも拡散《かくさん》されてるから、明日検索《けんさく》サイトの会社に削《さく》除《じょ》してくれるよう言ってくる」

その瞬間《しゅんかん》、背筋《せすじ》がぞくっとした。

あの写真を親切なおじさんも手に入れたかもしれない。ハダカ写真をほしがっていたおじさん。知らないだれかに写真を保存《ほぞん》されていると思うと、本当に気持ち悪い。

それからの数日はとても長く感じた。

アシストクラスの授業《じゅぎょう》は午前中で終わりになったり、午後からはじまりだったりして、先生ひとりがいそがしく飛びまわっていた。

そのあいだずっと、クラスのみんなが、気づかってくれているのを感じていた。

じゅらも、できるだけ明るくふるまうようにした。

いつもと同じ教室。いつもの仲間。いつもと同じおしゃべり。

けれど、なにかが決定的に変わってしまっていた。

明け方、じゅらは、真っ黒な怪物《かいぶつ》に追いかけられる夢《ゆめ》を見て、汗《あせ》びっしょりで飛び起きた。となりで寝《ね》ていたお母さんが、身体《からだ》を起こした。

「どうしたの？　じゅら」

じゅらは首をふった。

「こわい夢を見たの」

まだ手がふるえていた。

「あのね、お母さん」言いかけて、口を閉《と》じた。「なんでもない」

お母さんが、タオルケットをかけてくれた。

「夢なんだから平気でしょ。はやく寝なさい」

全部夢《ゆめ》ならよかったのに。夢なら……。

今ではもう、学校にもどれるかもって思ったことのほうがありえない夢みたいだった。せっかく見つけた居場所《いばしょ》が、こんなにかんたんに、こわれてしまうなんて。

じゅらははじめて、……生きていたくない、って思った。

その瞬間《しゅんかん》、アシストクラスのみんなの顔が浮《う》かんだ。

泣きそうな顔の小野《おの》さん。秋山《あきやま》くんのまっすぐな目。八塚《やつか》くんの真剣《しんけん》な顔。田中《たなか》くん、松原《まつばら》さん、福田《ふくだ》さん……。

じゅらは、涙《なみだ》をぬぐって眠《ねむ》った。

翌朝《よくあさ》、教壇《きょうだん》に立った真名子《まなこ》先生の顔にはいつのまにか疲《つか》れがにじんでいた。

「ここのところ、ちゃんと授業《じゅぎょう》できてなくて悪かった。いろいろ報告《ほうこく》と、それから、市ノ瀬《いちのせ》と、みんなに、言っておかなければならないことがある」

先生は口をつぐみ、頭を下げたまま、苦しげな声で話しはじめた。

「市ノ瀬の画像をすべて削除《さくじょ》するよう、できるかぎりのことをしてきた。検索《けんさく》サイトの会社は、これから見つかるかぎりの画像は削除してくれると約束してくれた。だけどいったんネットに出てしまった画像を完全に消すことはできないそうだ……」

じゅらは目の前がまっ暗になった。

「なかにはもっとひどい……ハダカの画像を拡散《かくさん》されたり、ぜんぜん関係ない人の顔写真が犯罪者《はんざいしゃ》とされて、出回ってしまうケースもある」

先生の言葉に、教室がざわめいた。

「ネットの画像だけじゃない。おきてしまったこと、してしまったことは、リセットして『なかったこと』にはできない。生きるっていうのは、一度きりしかない時間を重ねていくことなんだ」

じゅらは、できることなら耳をふさぎたかった。聞きたくなかった。

「そして、もうひとつ。みんな聞いてくれ」

先生の目に、強い光がやどった。

「おれは今までいろんなイジメと闘《たたか》ってきた。ひきょうなイジメや犯罪行為《はんざいこうい》から、どうやっておまえたちを守るか、あらゆる暴力《ぼうりょく》、誹謗中傷《ひぼうちゅうしょう》、嫌《いや》がらせを想定して、対応《たいおう》策《さく》を考えてきた。だけど、おれが今まで考えていた敵《てき》は、少なくとも、顔が見える敵だった。クラスメイトや先輩《せんぱい》、あるいは先生が敵《てき》だったこともあった。だけど今回の本当の敵は嫌《いや》がらせ画像を投稿《とうこう》した本人だけじゃない」

先生が大きく息をすいこんだ。

「本当の敵は、市ノ瀬《いちのせ》の画像を、おもしろがって拡散《かくさん》した、携帯《けいたい》やパソコンのむこうの顔も名前も知らない、数万人のどこかのだれかだ。小学生の顔と名前入りの嫌がらせ画像が本人の人生にどれほど深くむごい傷をつけることになるか、ほんのちょっとも考えないでおもしろ半分に拡散した、名前も顔もない、どこかのだれかだ！」

その瞬間《しゅんかん》、前の晩《ばん》に見た、夢の中の黒い怪物《かいぶつ》が脳裏《のうり》によみがえった。じゅらはふるえる手をにぎりしめた。黒い怪物は顔が見えなかったんじゃない。顔がなかったんだ。あのおじさんもきっと、そのひとりなのだ。

顔が見えない相手とどうやって戦えというのだろう。

みんなだまっている。

「それから。今回の画像を検索《けんさく》して見つけたのは、田中《たなか》だったな」

田中くんが、「はい」と言って立ち上がった。先生がうなずいた。

「すわっていていい」みんなに向き直る。

「田中《たなか》もみんなも、友だちの名前を検索《けんさく》しちゃダメだ。もちろん、田中が悪いんじゃない。田中は友だちのことをもっと知りたいって思ったんだよな」

田中くんが泣きそうな顔でうなずく。

先生は田中くんに向かって語りかけた。

「だけどな、ネットの情報《じょうほう》はウソと本当が混《ま》じっている。市ノ瀬《いちのせ》の嫌《いや》がらせ画像。学年掲示板《けいじばん》のウソの悪口。だれかが流したウワサ。もちろん本当のこともある。秋山《あきやま》が小学生創作《そうさく》コンクールに入賞したことも、小野《おの》が図画展《ずがてん》で表彰《ひょうしょう》されたことも、田中が見つけたんだよな。だけど、そういう本当のこととウソが、おんなじ画面にならんでいるんだ。おまえらにはまだ、ウソと本当を見分ける力がない！」

先生は、田中くんの前に歩みより、その肩《かた》に手をかけた。

「ネットでいろんな情報を検索するのはいい。だけど、友だちを知りたいなら、自分の目で見て、耳で聞いて、自分自身で感じろ。友だちとメールのやりとりをするのもいい。だけど、聞きたいことがあるなら友だちに面と向かって、直接《ちょくせつ》聞け。目の前にいる、それが友だちのすべてだ！」

田中《たなか》くんがうなずいた。

先生が顔を上げた。

「これから市ノ瀬《いちのせ》の家にいっしょに行って、市ノ瀬のお母さんに説明してくる」

じゅらは一瞬《いっしゅん》、気がとおくなりかけた。

「イヤ……」

「あの画像をお母さんが見つけてしまったら、ショックを受けるだろう。その前にちゃんと話しておかなければならない。それに電話番号も変えたほうがいいだろう」

「お母さんには言わないで。絶対《ぜったい》にイヤ！」

「市ノ瀬！　おまえは悪くない！　被害者《ひがいしゃ》だ！　それをお母さんにちゃんと説明しなくちゃならないんだ。もしこの先、あれをネタにして、だれかがおどしてきたりしたら警察《けいさつ》へ行け。そいつは犯罪者《はんざいしゃ》だ。画像を見ただけで、おまえのことを誤解《ごかい》したり、はなれていく者がいるかもしれない。でも、おまえは悪くない。どうどうとしていればいい」

じゅらは、耳をふさいだ。

「あたしは、どうすればいいの」

「なにもしなくていい。心が強ければ、決して負けない」

先生はみんなをぐるりと見わたした。

「心を強くしてくれるのは、みんなからの共感とはげましだ。共感ってなんだかわかるか？　相手と同じ気持ちをわかちあうこと。市ノ瀬《いちのせ》の心の痛《いた》みと苦しみを自分自身の痛みと苦しみとして感じることだ。このクラスのみんなはそれぞれに、イジメられたり、嫌《いや》がらせされた経験がある。だから、市ノ瀬の気持ちをわかってあげられるはずだ」

じゅらは、この数日、みんなからのいたわりを痛いほど感じていた。これが、人と人とを結ぶ絆《きずな》……命綱《いのちづな》なんだってわかった。絆ってあたたかくてうれしいものだと思ってたのに、痛くて苦しいのはどうしてだろう。

「じゃあ、市ノ瀬、行こう」

じゅらは、唇《くちびる》をかみしめたまま、真名子《まなこ》先生といっしょに教室を出た。

駅に向かう道の歩道を、真名子《まなこ》先生とならんで歩いた。

じわりと視界《しかい》がにじむ。本当は、みんなにお礼を言いたかった。みんなが、気をつかって、いたわってくれたことに、感謝《かんしゃ》したかった。

でもなにも言えなかった。

真名子先生が、だまって、肩《かた》をさすってくれた。

なにも言わないでいてくれるのが、ありがたかった。

7 生きていればやり直せる

じゅらが真名子《まなこ》先生といっしょに電車で家に帰ると、仕事に行ったはずのお母さんが、待っていた。

真名子先生は玄関《げんかん》で立ったまま深く頭を下げた。

お母さんは、なにがおきたのかまだ知らされていないようだった。じゅらに小声で、

「あんたなんかしたの？」と聞いた。

じゅらが答える前に、真名子先生が
「じゅらさんは被害者《ひがいしゃ》です」

と強い口調で言った。

部屋《へや》は、いつもはあちこちにちらばっている服が、洗面所《せんめんじょ》にぐしゃっと重ねてあり、テーブルの上だけきれいになっていた。

お母さんが、ペットボトルのお茶を出した。

「仕事を早上がりして急いで帰ってきたので、ちらかってますけど」

先生は正座《せいざ》して頭を下げてから、話しはじめた。お母さんはずっと、だまって聞いていた。全部聞き終わると、にがにがしい顔で言った。

「調子にのって自分の写真なんか、ネットにアップするから悪いんじゃないの」

「悪いのはじゅらさんじゃありません」

お母さんが、ため息をついた。

「なんでうちの子がそんなことに……。せっかくアシストクラスに行くようになって、中学には行けるかもって思ってたのに。この子には、看護師《かんごし》になりなさいっていつも言ってるんですよ。中学に行けなかったら看護師になれないじゃないですか」

真名子《まなこ》先生がまゆをよせた。

「フリースクールから高校認定《にんてい》試験をとって、看護学校に行くという方法もありますし、それにじゅらさん自身は看護師じゃなく、ファッションデザイナーになりたいと言っています」

お母さんが顔をしかめる。

「そんな夢《ゆめ》みたいなことばっかり言ってるから、イジメられるんじゃないの」

「お言葉ですが、じゅらさんはとてもしっかりした子です」

先生の言葉を、お母さんは鼻で笑った。

「しっかりしてたら、こんなことにはならないでしょ」

「ちがいます！」

先生は強い言葉できっぱりと否定《ひてい》した。

「だれでもイジメにあう可能性《かのうせい》があるんです。だれでも嫌《いや》がらせ画像をばらまかれる可能性があります。だれでも、です。じゅらさんのせいじゃありません」

「ふらふら出歩いたりしてるからそんなことになるのよ」

お母さんは先生の言葉をぜんぜん聞いてない。じゅらははずかしくて、耳をふさぎたくなった。

真名子《まなこ》先生の横顔に、ぎらりと怒《いか》りがよぎった。

「お言葉ですが」

先生の言葉はていねいでその分、静かで強い思いがこめられていた。

「ふらふらと出歩かずにいられなかった、じゅらさんのお気持ちを考えたことがありますか。この家には、じゅらさんの居場所《いばしょ》がありますか」

「知らないわよ。そんなこと。だいたいあんたになんの関係があるわけ。先生ったって」お母さんはふいと横を向いて、つぶやいた。

「他人のくせに」

先生が顔をゆがめた。じゅらは自分が先生を傷《きず》つけてしまったような気がして、いたたまれなくなった。

先生は、ちらと、じゅらに目くばせすると、大きく息をすいこんだ。どなるのかと思って、じゅらは身がまえた。

だけどちがった。先生はとても低い声で話しだした。

「市ノ瀬《いちのせ》のお母さん。知っていますか。じゅらさんが、万引きをしたことを」

一瞬《いっしゅん》、心臓《しんぞう》が止まったかと思った。

すると先生は、じゅらの目を見てほほえみかけた。先生はなにかしようとしている。

だけど、じゅらは、こわくてお母さんの顔を見ることができなかった。

「おれが見つけて止めたんですが、じゅらさんは最初ふてぶてしくひらき直ってました。それが、お母さんに連絡《れんらく》すると言ったら、いきなり顔面蒼白《がんめんそうはく》になって泣きだしたんです。じゅらさんにとって、万引きがお母さんに知られるのは、どんなバツを受けるよりも、たえられないくらいおそろしいことでした。じゅらさんは、遊び半分で万引きしたんじゃありません。命がけだったんです」

じゅらは、先生の横顔を見つめた。

万引きの本当の理由？　遊び半分じゃないならどうして？

先生が、じゅらと目を合わせて、小さくうなずいた。だいじょうぶ、と言うように。

「夏休み前のじゅらさんは、不登校が半年以上続いて、友だち関係もうまくつくれず、とても危険《きけん》な状態《じょうたい》にありました。家ではよくお母さんの手伝いをしていたようですね。お母さんに気づかれまいと必死にがんばりながら、でももう限界《げんかい》でした。万引きは、じゅらさんのSOS《エスオーエス》だったんです。知られたらお母さんに嫌《きら》われる、でも自分がぎりぎりの状態にいることを知ってほしい、助けてほしいっていう、命の瀬戸際《せとぎわ》の、さけ

び声だったんです」

次の瞬間《しゅんかん》、真名子《まなこ》先生は、正座《せいざ》したまま、たたみに、頭をすりつけていた。

「お願いします。じゅらさんには、お母さんの助けが必要なんです！」

お母さんの顔がひきつった。

「な、なんなのよ！　あんたは！」

お母さんが目をつりあげた。じゅらは思わず顔をそむけた。

「じゅらは、あたしの子よ。あたしはだれよりもじゅらのことを思ってるわよ。じゅらのために朝も晩《ばん》も働いて、じゅらのためにご飯を作って、じゅらのために毎日あたしがどれだけ苦労しているか他人のあんたに言われなくたって……」

「やめて」

もうガマンできない。じゅらはお母さんの言葉をさえぎった。

「いいからあんたはだまってなさい」

「お母さん、やめて！」

じゅらは、お母さんにむかってさけんだ。

「あたしのために！　あたしのためにって！　じゃあ！　あたしがいなければいいんじゃん！　あたしがいるから、お母さんは苦労して、イヤな思いして、あたしのせいで、……あたしなんて、生まれてこなければよかったんだよ！」

お母さんが傷《きず》ついた顔をしてる。

でももう止まらない。今までずっと胸《むね》の中におしこめていた思いが、一気にあふれた。

「あたしなんていなければいいんだ！　みんなそう思ってるんだよ！　画像広めた人たちだって、あたしなんて、死んでもいいと思ったんだ！」

じゅらは絶叫《ぜっきょう》した。

「あたしなんて死ねばいいいんだよ！」

真名子《まなこ》先生がじゅらの肩《かた》をぐっとつかんだ。

「死ねばいいって思うくらいなら、生まれ変われ！」

強い口調に、じゅらは、びくっと体をふるわせた。

先生は、じゅらの目をまっすぐに見つめた。

「市ノ瀬《いちのせ》。あんなことをされて、おまえが死にたいほどつらいのはわかる。だから、おまえは死んで、今」

真名子先生の目に強い光がやどった。

「ここで生まれ変われ！　古い市ノ瀬じゅらは死んだ。あの画像を拡散《かくさん》された市ノ瀬じゅらはもういない。おまえは今、生まれ変わったんだ」

「どういうこと？」

じゅらは先生の言葉の意味がわからず、聞き返した。

真名子先生と、まっすぐに向き合う。

「人間は、生きながら、生まれ変わることができる。自分が本当にそうしたいと思ったとき、人は生まれ変わるんだ。ウソじゃない。本当だ」

「あたしが？　今？」

「そうだ、今だ。前のおまえは死んで、今、新しく生まれたんだ！」

先生の言葉が、じゅらの身体《からだ》にしみこんでいく。

「おまえのこの手もこの足も、心も、今生まれたばっかりのぴかぴかの新品だ！」

じゅらは涙《なみだ》にかすむ目で、自分の手足をながめた。

先生はお母さんに向き直った。

「お母さん、じゅらさんは、あなたの子どもですが、あなたのもの、ではありません。ひとりの人間です。自立するまでにはまだ大人《おとな》の助けが必要ですが、今からのじゅらさんは、今までのじゅらさんとはちがいます」

お母さんはだまって首をふった。聞きたくない、という顔だった。両方のこぶしをぎゅっとにぎりしめている。

するとと先生は、突然《とつぜん》、深く頭を下げた。

「ナマイキ言って、すみませんでした。ナマイキついでに最後にもうひとつだけ言わせてください。アシストクラスの子どもたち全員が、じゅらさんと会えてよかったって心から思ってます。じゅらさんが今ここにいるのは、お母さんのおかげです。ありがとうございます」

お母さんが目を大きく見ひらいた。

先生がふりむく。

「なあ、市ノ瀬《いちのせ》。万引きしたおまえに、おれがアシストクラスのチラシわたしたとき、どうして自分のことを知ってるんだろうって、思わなかったか？」

「え？　あ」

先生がほほえんだ。

「お母さんが、アシストクラスに申しこんでくれたんだ」

「え！　ウソ！」

お母さんは顔をそらしてうつむいている。

「それだけじゃない。お母さんは、朝も晩《ばん》もずっとたいへんな思いをして働いてきて、それこそ死んだほうがましって思ったこともあったかもしれない。そのくらい苦労してたのは事実だ。だけど死ななかった。それはな」

先生が、手をじゅらの肩《かた》に置いた。あったかくて大きな手だ。

「市ノ瀬《いちのせ》がいたからだよ。命よりも大切なかわいいかわいい娘《むすめ》がいたから、お母さんはがんばれたんだ。市ノ瀬が言うとおり、生きてくってのはすごくたいへんなことだ。人は、ひとりじゃ生きられない。おまえが、お母さんの命をつなぎとめてきたんだよ！」

「あたしが」

「ああ。市ノ瀬、おまえがお母さんの『命綱《いのちづな》』なんだ」

その瞬間《しゅんかん》、なにかが溶《と》けた。胸《むね》の奥底《おくそこ》で、最後まで固くわだかまっていたなにか。

しゃくりあげる声がした。

お母さんが、両手をたたみについて、肩をふるわせていた。

「お母さん……」

お母さんが泣いていた。お母さんが泣いている姿《すがた》をはじめて見た。いつもお母さんは、いそがしそうにしているか、怒《おこ》っているか、寝《ね》ているか、ときどきは笑うこともあったけれど、ただの一度も泣いているのは見たことがなかった。

「じゅらのこと、このままじゃいけない、って思ったのよ。なんとかしなきゃって。だけど、どうしたらいいのか、わからなかった……」

お母さんの涙《なみだ》が、たたみにぽたぽたと落ちた。

「じゅら……じゅら……」

あとはもう言葉にならなかった。

じゅらとお母さんは抱《だ》き合って、泣いていた。お母さんが抱いてくれたのなんて、いつぶりだろう。もう覚えていない。

今までのじゅらだったら、ありえない。やっぱり、先生の言うとおり、さっき生まれ変わったんだ、って思った。

もしかしたら、お母さんも今、生まれ変わったのかもしれない。

気づくと、先生が後ろを向いて、腕《うで》で顔をごしごしこすっていた。

「あー、先生も泣いてる」

「うるさい！　鼻水だ！」

みんなで泣きながら笑って、それから盛大《せいだい》に鼻をかんだ。

先生は、ポケットから折りたたんだ紙を取りだした。

「これ、保護者《ほごしゃ》の方へのサポートをまとめたチラシです。どうかひとりで全部かかえこまないでください。アシストクラスには市ノ瀬《いちのせ》さんのほかにもシングルで子育てされている方がいます。保護者会もひらく予定なので、ぜひ、来てください」

じゅらは先生にたずねた。

「親とも糸をつなぐの？」

先生は、ウインクして答えた。

「ああ、そうだ」

「糸ってなあに？」

お母さんの顔がやさしい。

先生が帰ったあと、お母さんといっしょに携帯《けいたい》ショップに行って、電話番号を変更《へんこう》してもらった。その日の夕食は、お母さんといっしょに作った。焼きそば、少しこげちゃったけれど、お母さんはすごく喜んでくれた。食べながら「糸」の話もした。こんなに喜んでくれるなら、これから毎日焼きそばを作ってもいい。そしていつか、将《しょう》来《らい》の仕事について、お母さんとちゃんと話をしてみようと思う。

ご飯を食べてからお母さんは仮眠《かみん》して、明け方にまた職場《しょくば》に行った。

じゅらはひとりで起きて、顔を洗《あら》って、バナナとヨーグルトの朝ごはんを食べた。

そして、いつものカバンを持って、家を出た。

通いなれた道を通って、アシストクラスへ向かう。

地下鉄の駅を出るとき、なにげなく空を見上げた。

「こんなに、青かったっけ」

秋が近いんだ、って思った。あと三日で八月が終わってしまう。その瞬間《しゅんかん》、とてつもないさびしさに、胸《むね》がぎゅっとしめつけられるような痛《いた》みを感じた。

まだ日ざしは強い。街路樹《がいろじゅ》の日かげを選んで歩く。

アシストクラスに最初来たときは、通うつもりなんてぜんぜんなかった。どんなところかちょっとのぞいてやろうって、そんな気持ちだった。

一日、二日、三日……どんどん日にちが経《た》つうちに、いつのまにか、大切な場所になっていた。

あたしが、あたしでいられる居場所《いばしょ》がもうすぐなくなってしまう。

終わらせたくない……。

じわりと目がうるむ。じゅらはぐっと歯をくいしばった。

先生はなんて教えてくれた？　思ったら行動しなくちゃダメ！

じゅらは、青になった信号を走ってわたった。

文化センターの階段《かいだん》を二段飛ばしでかけ上がって、二階のアシストクラスの教室のドアを勢《いきお》いよくあける。教室には、秋山《あきやま》くんと小野《おの》さんがもう来ていた。

「ねえ聞いて！」

じゅらの言葉に、秋山くんと小野さんが顔を向けた。心配そうな顔だ。とくに秋山くんは、気持ちがすごく表情《ひょうじょう》に出る。そんな発見ができたのも髪《かみ》を短く切ってからだ。

じゅらは息をととのえて口をひらいた。

「あと三日でアシストクラス終わりでしょう。だけど、あたし、まだ終わりたくない」

言葉を切って、ふたりを見つめる。秋山くんと小野さんは同時に大きくうなずいた。

じゅらはほっとして言葉を続けた。

「なんとかして、アシストクラスを続けられないかな？　夏休みが終わって、平日がダメなら土日だけでもいいし、場所が使えないなら、ちがう場所を探《さが》してもいい。先生とあたしたちが集まれる場所があればいいんだ」

秋山《あきやま》くんがおどろきに目を見ひらいた。

「そんなことできるのかな」

じゅらは、ニカッと笑ってみせた。

「できるかどうか、やってみなきゃ」

「あたしも！　あたしも協力したい！」

小野《おの》さんが目を輝《かがや》かせた。今日《きょう》の小野さんは、ゆるキャラT《ティー》シャツに、ジーパン。特別オシャレな服じゃないけれど、前よりもずっと明るく見える。

ガラリとドアがひらいて、八塚《やつか》くんがはいってきた。八塚くんはじゅらの顔を見ると、すぐ笑顔になった。

「よかった。先生とお母さんの話し合い、うまくいったんだね」

「なんでわかったの？」

「だって、いい顔してるもん」

すぐに松原《まつばら》さん、福田《ふくだ》さん、田中《たなか》くんも来た。じゅらはみんなを手まねきした。

「ねえ、みんな聞いて。あたしね、アシストクラスを、あと三日で終わらせたくないんだ。秋山《あきやま》くんと小野《おの》さんも同意見。八塚《やつか》くんはどう思う？」

「どうって、だって……」

八塚くんは秋山くんと小野さんの顔を交互《こうご》に見て、じゅらに向き直った。

「なんか、いい方法があるの？」

「それをこれから考えるの」

じゅらの言葉に、八塚くんが「うん、だったらさ」と答えた。

「真名子《まなこ》先生に、アシストクラスを続けてほしいって言うべきだよ。だってさ、先生は、生きてくためのサバイバルを教えてくれるって言ったんだ。最後まで責任《せきにん》を持つべきじゃん。おれらがちゃんと自力で生きていけるようになるまで、アシストクラスは続けるべきだよ！」

田中《たなか》くんが「ぼくもそう思う！」と、めずらしく即答《そくとう》した。

松原《まつばら》さんと福田《ふくだ》さんも「賛成《さんせい》！」とうなずいている。

秋山《あきやま》くんの反応も早かった。

「ここの教室が九月から使えるかどうか調べてみよう。田中くんのパソコンで調べられるかな」

田中くんが目を見ひらいた。秋山くんがうなずく。

「こういうことを調べるのに検索《けんさく》するのはいいと思うよ」

田中くんが大きくうなずく。

みんなで田中くんのタブレット画面を見つめる。じゅらは、このあいだ、このタブレットであの画像を見てしまったことを思い出した。すぐに首をふる。あのときのあたしは、もういない。生まれ変わったんだ。

「この第二教室は、九月の平日、ずっと予約されてます」

田中くんの言葉に、みんな、肩《かた》を落とした。このままの形では続けられない。じゅらは、みんなに語りかけた。

「土日だけだっていいし、この場所じゃなくたっていいじゃない。先生とあたしたちがいれば、そこがあたしたちの居場所《いばしょ》になるんじゃない？」

じゅらは、ひとりひとりと目をかわしながら、みんなの思いがひとつにまとまっていくのを感じた。

秋山《あきやま》くんが口をひらいた。

「市ノ瀬《いちのせ》さんが、ぼくらのリーダーとして、先生に話してほしい」

「あたしが……？」

じゅらのうでを八塚《やつか》くんがつついた。

「ほかにだれがリーダーになるのさ」

小野《おの》さんがうなずく。田中《たなか》くんも。松原《まつばら》さんも福田《ふくだ》さんも。全員の気持ちがひとつになった。

そのとき、教室のドアが、ガラリとひらいた。

真名子《まなこ》先生が、片手《かたて》を上げてはいってきた。

「遅《おく》れて悪かった！　みんな、おはよう！」

先生は、みんなの顔を見るなり、ニヤッと笑った。

「なんか集まって、楽しそうだな！」

じゅらは、先生を見上げた。

「今、みんなでだいじなことを話し合ってたの。これから先生に話します！」

「ほう。それは楽しみだな。おれのほうからも、報告《ほうこく》がふたつあるんだが。まずは、市ノ瀬《いちのせ》の報告を先に聞こう」

先生は、手にかかえたプリントを、教卓《きょうたく》に置いた。みんなもそれぞれ席に着いた。

じゅらは、立ち上がった。

教室のみんながじゅらを見ている。じゅらは小さくうなずいて、口をひらいた。

「先生！　これはあたしたちみんなの意見です。アシストクラスを、九月になっても続けてほしいんです。先生は最初の日に、このアシストクラスのみんなで絆《きずな》の糸をつなげて、それが命綱《いのちづな》になるって言いました。今、このアシストクラスがあたしたちの大切な居場所《いばしょ》になったんです。それにあたしたちはまだ、先生から、サバイバルを全部習っていません！」

先生は、びっくりしたような顔でじゅらの言葉を聞いていた。じゅらは、こぶしをぎゅっとにぎって、続けた。

「さっき、この文化センターの九月の予約を調べたんです。平日はもう予約はとれないけど、土日でも、それにちがう場所だっていいんです。あたしたちと、それから先生が集まれるなら！」

先生の顔に、大きな喜びが広がっていく。

「市ノ瀬《いちのせ》。そしてみんな。文化センターの予約まで調べたのか。すごいな。おまえらはすごいな！」

先生の言葉に期待が高まる。

「おまえらの気持ちはよっくわかった。それに答える前に、まずはおれからの報告《ほうこく》をふたつ聞いてほしい」

じゅらは、大仕事をやりとげたような気持ちで、席にすわった。

先生が、みんなを見わたした。

「まずおれからの報告のひとつめ。このアシストクラスは八月三十一日までの予定だったが、予定が変わって、今日《きょう》、八月二十九日で終わりになった」

悲鳴に近い、ため息が聞こえた。

じゅらは思わず席を立ち上がった。

「なんで!?　先生！　なんで？」

先生が手ですわるようにうながした。

「いいからまずは、ふたつめの報告《ほうこく》を聞いてくれ。今朝《けさ》はこの資料《しりょう》をまとめていて遅《おそ》くなった」

先生は教卓《きょうたく》に置いたプリントを手に取ると、それをひとりひとりのテーブルに配りはじめた。

教室が、ざわめいた。

プリントには、「九月一日、サバイバル教室開講《かいこう》」と書いてあった。

じゅらははじかれたように顔を上げた。

先生が白い歯を見せて笑っていた。

「夏休みだけのアシストクラスは今日で終了だ。じつはずっとひそかに準備してたんだが、しあさって、九月一日からこの教室がそのまま小学生のフリースクール『サバイバル教室』として、新しくはじまることになった。予約がうまってたのはそのせいだ。これからは平日にふつうの小学校みたいに、国語算数理科社会、全部やるぞ！もちろんサバイバルもだ！」

さけび声とともに、教室の全員が立ち上がった。

じゅらはとなりの席の八塚《やつか》くんと手をにぎりあって、とびはねた。

「やったー!!!」

うれしさと興奮《こうふん》が止まらない。

先生が、黒板をこつこつとたたいた。

「それじゃ、アシストクラス、最後の授業《じゅぎょう》するぞ！　注目！」

先生は、黒板にむかって、チョークが折れそうなくらい、ぐりぐりと力を入れて、四角いクセ字で、大きく『生きる力』と書いた。

「このアシストクラスでは、生きていくためのサバイバルの方法をいろいろ教えてきた。そのすべて作戦の基本になるのが、生きる力だ。しかし、この生きる力だけは、おれが教えてやることはできない。なぜなら」

先生が、胸《むね》に手を置いた。

「おまえらの中にあるものだからだ。生きたい！　と思う力。生命力！　命！　命はだれかにもらったりあげたりすることはできない！　そうだろう？」

みんなが先生のことを見つめている。

「この生きてく力を大きくする方法がひとつだけある」

先生はこんどは赤いチョークを持って、黒板に向かった。そして、生きる力と書いたその横に、三倍くらい大きく、『愛』と書いた。

ふりむいた先生の顔はいつになく、やわらかく、やさしかった。

「人はだれでも、愛されることで、強くなれる。愛することで強くなる。生きる力は、愛し、愛されることで、大きくなる。愛とはなにか」

先生が、教室のテーブルのあいだを歩く。ひとりひとりと目を合わせてほほえみかけながら。

「愛っていうのはな。だれかに必要とされること、だれかに喜んでもらうこと、だれかに信じてもらうこと、だれかが待っていてくれること、だれかといっしょに笑うこと、だれかといっしょに泣くこと、だれかとともに生きていくこと、そして」

先生は、胸《むね》を手に当てた。

「この世に自分の居場所《いばしょ》があるって、思えること。それが愛だ」

先生の言葉が、まっすぐに胸の中にはいっていく。

教室をぐるりと歩いて、先生は教卓《きょうたく》にもどった。

「居場所はひとつだけじゃない。いろんなところにある」

先生が目を細めた。

「このアシストクラス最初の日に、話したよな。絆《きずな》を作る方法。名前を知って顔を知って、共通点を見つけるってこと。この共通点っていうのが、居場所作りの基本でもあるんだ。ここにいるみんなは、イジメられて不登校になったっていう共通点がある。同じ体験をしていて、自分をわかってくれる人がいるっていうのは、居場所を作る、最大最強の引力だ。だけどそれだけじゃダメだ！」

先生が手を大きく広げた。

「自分と同じ経験《けいけん》をしてるっていうのは、心をひらくカギになる。自分と共通点がある仲間が、自分にとってもっとも基本の居場所《いばしょ》、ベースキャンプ、だ。おれ自身もいじめられていた経験がある。もしもおれがずっと優等生《ゆうとうせい》でなんの挫折《ざせつ》もなくすごしてきた人間だったら、みんなの見る目もちがってたはずだ。学校でウンコもらした悲しみは、学校でウンコもらした者にしかわからない！」

八塚《やつか》くんがおそるおそるたずねた。

「先生もらしたことあるの？」

「ああ！　ある！」

なぜか、ほおっというためいきがもれた。

先生がぐるりとみんなを見わたした。

「だけどな、同じ体験、って本当に同じなのか？」

そして返事を待たずに、つづけた。

「同じじゃない！　たとえ同じ体験をしても、受け取り方がちがう。もしおれが市ノ《いちの》瀬《せ》と同じく嫌《いや》がらせ画像を拡散《かくさん》されても、市ノ瀬と同じ苦しみを味わうことはできない。ましてこの世界には、自分とちがう場所に生まれて、自分とちがうように育って、ちがう言葉を話し、ちがうものを食べて、ちがう価値観《かちかん》の中で育ってきた人がたくさんいる。胸《むね》にきざみつけろ！　イジメられていたおまえらは少数派《は》だ。世の中の大多数は、イジメられた経験《けいけん》がない。だからこれから、おまえらは、同じ体験をしていない人のなかで、自分たちの居場所《いばしょ》を作っていくんだ。おたがいの、ちがいを楽しめるようになれ！」

じゅらの身体《からだ》の中に、先生の言葉がしみこんでいった。

真名子《まなこ》先生が、じゅらにほほえみかけた。

「おまえらならできる。なあ、市ノ瀬《いちのせ》」

じゅらは、うなずいて、立ち上がった。

「死にたいくらいつらいなら、死んだつもりで生まれ変わればいい。先生にそう言われて、あたし、本当に生まれ変わった気がしたんだよ。だからこれからだって、何回でも生まれ変われる。ねえ、先生！」

真名子先生は、大きくうなずいた。

「そのとおりだ。市ノ瀬《いちのせ》だけじゃなく、おまえらは、イジメられて本当につらい体験をしてきている。心にも体にも傷《きず》が残っている。それを、なかったことにはできない。だけどな。傷がひとつもない人なんていないんだ。生きてさえいれば、なんとかなる。どんなにつらいことがあっても人生はやり直せる。なにがあっても絶対《ぜったい》、生きてさえいれば、だいじょうぶだ！」

先生がこぶしをつきあげた。

「このクラスのみんなが、おまえらのセーフティネットだ！」

アシストクラスのみんなもこぶしを強くにぎりしめた。

同じ気持ちを、このクラス全員が共有していた。気持ちと気持ちがひびきあって、共鳴《きょうめい》して、あたたかく強く、心の底から力がわきでてくるような気がした。

これが生きる力、なのかもしれない。

これが、あたしのセーフティネット。

「真名子《まなこ》先生！」

自然と立ち上がったみんなが、先生を取りかこんだ。

先生が手を差しだした。みんなもその手に、手を重ねた。全員が輪になって、手を重ねる。

「生きぬくぞ！」

「おおー！」

文化センターのアシストクラスの教室に、みんなの声がひびいた。

市ノ瀬《いちのせ》じゅらの居場所《いばしょ》がここにある！

じゅらは、右手を大きく突《つ》きあげた。

ここに、いる！

あたしがいる！

あたしの居場所！

これからなにがあっても。どんなふうになっても。

絶対《ぜったい》に最後まで生きぬいてサバイバルする！

そして最後に笑いたい！　こんなふうに思いっきり！

エピローグ

九月一日から、文化センターの教室が正式に、小学校と同じことを学ぶフリースクール『サバイバル教室』として開講《かいこう》する。たくさんの書類を作らなければならないので、それまでの二日間、真名子《まなこ》先生は大いそがし……のはずだったのが、八月三十一日の夕方にちょっとだけ、時間が取れたということで、みんなにメールが来た。

——銭湯《せんとう》に行くぞ！

そういえば、先生は前に、銭湯で実習すると言っていたのだった。

じゅらも、着替《きが》えやタオルや石けん、シャンプーを手さげに入れて、ショッピングモールの中にある、銭湯に向かった。

頭にタオルを巻《ま》いた真名子先生が、銭湯の入り口に立っていた。

「おう！　来たな！」

先生が券を買って、みんなに配った。ひとりずつ番台《ばんだい》に出して、ロッカー番号札《ばんごうふだ》のついたゴムの腕輪《うでわ》を受け取る。

「八塚《やつか》と秋山《あきやま》と田中《たなか》はおれといっしょの男風呂《おとこぶろ》。市ノ瀬《いちのせ》と小野《おの》と松原《まつばら》、福田《ふくだ》の女子四人は女風呂へ。一時間後に集合だ！　ちゃんとしっかりケツの穴《あな》まで洗《あら》ってこいよ！」

みんな笑いながら、それぞれノレンの下がった入り口をくぐる。

女子のロッカー室では、イスにすわったおばあさんたちが扇風機《せんぷうき》の風に吹《ふ》かれながら、おしゃべりをしていた。

じゅらは、ロッカーの前で立ち止まった。

「あたし、銭湯《せんとう》はじめて」

小野さんが番号札の腕輪をかかげた。

「この番号のロッカーを使うの」

松原さん、福田さんと四人ならんで服をぬいだ。

「行こう！」

風呂場は湯気がもうもうと立っている。おばあさんもいれば、若《わか》いお姉さんも、いろんな人がいる。お母さんが小さな女の子の身体《からだ》を洗《あら》っている。

身体を洗い終わって、泡《あわ》がぶくぶく立っている湯船にはいった。松原《まつばら》さんが奥《おく》を指さした。

「サウナもあるね！　あとで行こうよ！」

小野《おの》さんが、一瞬《いっしゅん》ためらって、口をひらいた。

「あ、うん、でもあたし、サウナはちょっと」

福田《ふくだ》さんもうなずく。

じゅらは、なぜか対抗心《たいこうしん》がわいてきた。

「あたし、行ってみる！」

松原さんとふたりでサウナ対決をした。もうもうと暑いサウナ室の中で、時計の針《はり》をじっと見つめながら時間が経《た》つのを待つ。松原さんがちょうど五分で立ち上がったので、じゅらも続けてサウナ室を出た。

「ヤバイ！　もうダメ！」

でもそのあと、冷たいシャワーをあびたら、すごく気持ちがよかった。

シャワーの横にぶくぶく泡立《あわだ》つお風呂《ふろ》があった。炭酸《たんさん》風呂とプレートがある。

「小野《おの》さん！　こっちに炭酸風呂があるよ！」

じゅらの手まねきに、小野さんがやってきた。ぶくぶく泡立つお風呂にふたりでつかる。

「気持ちいいね、小野さん」

ふと見ると小野さんの顔が赤くなっていた。

「だいじょうぶ？　小野さん。のぼせた？」

小野さんは首をふって、上気《じょうき》した顔でせきこむように言った。

「ううん。あのね、あたしのこと、晴花《はるか》って呼《よ》んで」

一瞬遅《いっしゅんおく》れて、言葉の意味が、じわりと身体《からだ》に広がっていく。

「晴花……。あたしも！　あたしのことも、じゅらって呼んで」

「じゅら」

「晴花！」

お風呂の中で、ふたりで顔を見合わせて笑った。

炭酸風呂《たんさんぶろ》もジェット風呂も……いくつもあるお風呂に全部はいった。

「そろそろ上がろうか」

ロッカー室では、さっきのおばあさんたちがまだ、おしゃべりをしていた。

「これが、銭湯《せんとう》の井戸端会議《いどばたかいぎ》なんだね」

じゅらの言葉に、晴花《はるか》が小さく笑う。

髪《かみ》も、それぞれかわかした。ゴムで髪をしばろうとしている晴花を見ながら、じゅらは、おろしたほうがかわいいのに、と言いかけてやめた。前にもそう言ったのに、晴花はずっと髪をしばっている。

じゅらはふと思いついて言ってみた。

「編《あ》みこみしてあげようか？」

「えっ？　できるの？」

ふりむいた晴花《はるか》の顔は、期待に輝《かがや》いている。よし、って思った。

「うん！　まかせて！」

ていねいに編《あ》みこみして、最後にゴムでしばる。ただゴムでしばるだけよりずっと、かわいくて、おしゃれだ。じゅらは鏡の中に向かって笑いかけた。

「どう？　晴花」

晴花は、満面の笑顔で答えた。

「ありがとう！　じゅら」

銭湯《せんとう》を出たのは、約束の時間の五分前だった。

銭湯はショッピングモールの中にある。そばにゲームセンターがあった。

じゅらはゲームセンターに目を向けた。にぎやかな音楽が流れ、キラキラと電飾《でんしょく》が輝いていて、ゲームのキャラクターの看板《かんばん》がにっこり笑ってさそっている。

学校に行かなくなってからずっと、毎日のようにゲームセンターで時間をつぶしてた。にぎやかな電飾に、ひきよせられるようにたむろしていた、じゅらも、いっしょに万引きしたあの子たちも。まるで遠い思い出のよう。

心臓《しんぞう》がどきんと鳴って、かすれた思い出の風景が、急にクリアになった。

ゲームセンターから小学生の女子数人が出てきた。……目が合った瞬間《しゅんかん》、おたがいに気づいた。いっしょに万引きしたあの子たちだった。

中のひとりが、すっと近寄《ちかよ》ってきた。

ニヤニヤと笑いながら
「市ノ瀬《いちのせ》さん、ヒマなんだー。彼氏募集中《かれしぼしゅうちゅう》?」

と言われて、頭にかーっと血がのぼった。あの画像を見られた!

「ちがう!」

強くこぶしをにぎりしめた。目の前が真っ暗になる。こうやって、この先、どこに行っても、なにをしていても、言われるのだ。じわりと視界《しかい》がにじむ。ぎりぎりと歯をかみしめる。

目の前の女子が、急に「きゃっ」っと飛びのいた。

ふりむくとすぐ後ろに、緑ジャージをはいて、上半身ハダカで首にタオルを巻《ま》いた、真名子《まなこ》先生が立っていた。先生は、じゅらに向かって、白い歯を見せてニコっとわらいかけた。

「市ノ瀬《いちのせ》、おまえは生まれ変わったんだ！」

先生の笑顔を見た瞬間《しゅんかん》、身体《からだ》の奥底《おくそこ》から、真っ赤に燃《も》えるマグマのように熱く強く大きな力がわいてきた。

「うん！」

いつのまにか銭湯《せんとう》から出てきていた、アシストクラスの仲間たち……八塚《やつか》くん、秋山《あきやま》くん、田中《たなか》くんが、じゅらと真名子先生をかこんでいる。松原《まつばら》さんと福田《ふくだ》さんがうなずく。晴花《はるか》が、じゅらの手をにぎった。じゅらもにぎり返した。

だいじょうぶ！　負けない！　絶対《ぜったい》に！

すると、さっきの女子が、少し離《はな》れたところから、真名子先生を指さして、聞こえよがしに言った。

「なに、あのハダカの男。ヘンタイじゃないの」

真名子先生が腕組《うでぐ》みして、カッと目を見ひらく。

「ヘンタイでけっこう！」

「きゃー！」

女子たちはさけびながら、逃《に》げて行ってしまった。

じゅらは、思わずふきだした。晴花《はるか》も、おなかをかかえて笑っている。八塚《やつか》くんが手をたたいている。秋山《あきやま》くんが、大きな口をあけて笑っている。しゃがみこんでいた田中《たなか》くんが立ち上がった。

「笑いすぎて、のどがかわきました」

T《ティー》シャツを着た真名子《まなこ》先生が、ジャージのポケットからサイフを取りだした。

「よーし！　ジュースをおごってやろう！　どれでも好きなのを選べ！」

先生が自動販売機《はんばいき》を指さした。

「全部、百円じゃん！」と八塚くん。

「ああ、どれでもいいぞ！」

「二本いい？」

「ひとり一本だ！」

「ケチ！」

みんな一本ずつ、飲み物を買ってもらって、その場で飲んだ。熱くほてった身体《からだ》に、水分がしみこんでいく。

先生は、足もとに置いていたリュックを持って、チャックをひらいた。

中から、ノートを取りだす。

「みんなからあずかった交換《こうかん》日記だ。最後におれのコメントを書いてある」

ノートをひとりひとりにわたしていく。八塚《やつか》くんがさっそくひらこうとする。

「おっと、ちょっと待った。ここで読まずに、家に帰って読んでくれ」

じゅらも、自分のノートを受け取った。

真名子《まなこ》先生は、八月三十一日まで続けたら、自分の居場所《いばしょ》ができると言った。そのときはまさか、こんなに続けられるとは思わなかった。じゅらは、日記帳を手さげにしまいながら、ふと思った。

「そういえば、こんなに長く、なにかを続けたことって、はじめてかも」

真名子先生が、ニコッと笑った。

「ああ。まさにそれがこの『日記作戦』の意味だ。どんなことでも、続けなくちゃ意味がない。そして、続ければ、どんなことでも、必ず、おまえたちの力になる！」

じゅらは、真名子《まなこ》先生の顔をまっすぐに見上げた。

先生が言ったことは必ず、本当にそうなる。

だから、……だいじょうぶ！

その日の夜、じゅらは家にもどってから、交換《こうかん》日記ノートをひらいた。

今夜もお母さんは仕事に行ってるので、じゅらはいつもどおりひとりで留守番《るすばん》だ。だけど、ひとりじゃない。どこにいてもなにをしていても、みんながいてくれる。日記をひらけばいつでも、七人のアシストクラスの仲間と、真名子先生の言葉が、じゅらに話しかけてくれる。

じゅらの日記のテーマは夢《ゆめ》。

最後のページに、先生のコメントが書いてあった。

――おれの子どものころからの夢は、みんなを助けるヒーローになることだ！　おれは夢《ゆめ》をかなえたから、市ノ瀬《いちのせ》の夢もかなうぞ！

あたたかな想《おも》いが、身体《からだ》をいっぱいに満たした。

じゅらは、日記帳を胸《むね》に、ぎゅっと抱《だ》きしめた。

あとがき

この本は、あなたのために書きました。

自分の居場所《いばしょ》がない、と感じているあなたに。

人とうまくつきあえなくて、人間関係で失敗ばかりしてしまうあなたに。

大切な人のことをだいじにしたいのに、なぜか傷《きず》つけてしまうあなたに。

そして。してはいけない、悪いことをしてしまったあなたに。

あなたは、昔のわたしです。

わたしは、人とうまくつきあえなくて、だれかを傷つけて、だれかに傷つけられて、泣いて、ひがんで、怒《おこ》って。失敗ばかりしてきました。世の中には、良い人と悪い人がいて、正しいことと間違《まちが》っていることがあって、自分は悪くて間違っているから、この世に必要ない人間なのだと思っていました。

そんなわたしも、自分はここにいていいのだと思えるようになりました。

良い人になったから、ではないのです。悪くて間違《まちが》っているわたしでも使える、人とつながる方法があることを知ったのです。

もし、今あなたが、自分の居場所《いばしょ》がないと感じていても、うまく人とつきあえなくても、大切な人を傷《きず》つけてしまっても。だいじょうぶ。生きていればなんとかなります。たとえ、してはいけない悪いことをしてしまったとしても。それが、あなたが愛されない理由にはなりません。

だれともつながっていないと感じているあなたも、今、この文を読むことで、わたしと、それからこの本に出てくる真名子《まなこ》先生ともつながっています。真名子先生は、「イジメサバイバル」(https://manako.jp/)というサイトの管理人《かんりにん》をしているので、掲示板《けいじばん》に書きこめば、いつでもこたえてくれます。

思いを言葉にすること。それが、一番カンタンで一番強力な「人とつながる方法」です。この本が、あなたの居場所作りの助けになればうれしいです。

二〇二〇年一月
高橋桐矢

作　高橋桐矢（たかはし　きりや）

1967年、福島県生まれ。高校中退後上京し、占い師をしながら小説の原稿を書く。SF小説で小松左京賞努力賞を受賞。著書に『あたしたちのサバイバル教室』（ポプラ社）、『副業占い師ブギ』『占い師入門』（雷鳥社）、『占い師のオシゴト』(偕成社)、『実践ルノルマンカード入門』(学研プラス)など。日本児童文学者協会会員。心理学検定１級。

絵　芝生かや（しばふ　かや）

イラストレーター、漫画家。コミックスに『わかばのテーブル』『オネエさんと女子高生』『はないろの春』などがある。

装　丁　岩田里香（ポプラ社デザイン室）

本書は、2016年8月刊行のポプラポケット文庫
『イジメ・サバイバル　あたしたちの居場所』の特装版です。

特装版　学校に行けないときのサバイバル術２
あたしたちの居場所

2020年４月　第１刷

作　高橋桐矢
絵　芝生かや
発行者　千葉均
編　集　門田奈穂子
発行所　株式会社ポプラ社
〒102-8519　東京都千代田区麹町4-2-6
電話（編集）03-5877-8108
（営業）03-5877-8109
ホームページ　www.poplar.co.jp
印刷・製本　中央精版印刷株式会社

ISBN978-4-591-16559-1　N.D.C.913/223p/20cm

P4155002